KB116893

풀코스 창작론

풀코스 × 창작론

マナーはいらない

소설이 맛있어지는 레시피

미우라 시온

김다미 옮김

비채

• 차례 •

서문 어서 오세요, 잘 오셨습니다 • 8

〰 ## 아뮤즈 부쉬 ···

첫 번째 접시
퇴고 편 정원 손질은 완벽하게 • 12

두 번째 접시
매수 감각 편 미아가 되지 않기 위해 • 17

〰 ## 오르되브르 ···

세 번째 접시
단편소설 구성 편 I 상황파와 감정파 • 21

네 번째 접시
단편소설 구성 편 II 구체적인 예를 곁들임, 내 작품 예로 들어 발등 찍기 • 27

◀ 다섯 번째 접시 ▶

일인칭시점 편 시야가 좁아지지 않도록 주의 • 35

◀ 여섯 번째 접시 ▶

삼인칭시점 편 너무 많이 생각하면 지옥을 보게 되니 조심 • 42

🍽 **첫 번째 입가심** 주저리주저리 변명 늘어놓기 • 50

〰 수프

◀ 일곱 번째 접시 ▶

한 행 띄기 편 I 쉬어가기는 적당히 • 52

◀ 여덟 번째 접시 ▶

한 행 띄기 편 II 걱정은 적당히 • 56

〰 생선 요리

◀ 아홉 번째 접시 ▶

비유 표현 편 상태가 이상한 건 정열 탓 • 62

◀ 열 번째 접시 ▶

시제 편 시간의 마법을 걸어서 • 71

◀ 열한 번째 접시 ▶

대사 편 I 귀를 쫑긋 기울인 옆집 아주머니처럼 • 82

◀ 열두 번째 접시 ▶

대사 편 II 다양한 전술 모둠 • 88

∽ 고기 요리 ···

열세 번째 접시

정보 취사선택 편 건물 및 거리 묘사, 치밀하고 깔끔한 맛으로 • 96

열네 번째 접시

취재 방법 편 피해를 주지 않는 선에서 • 104

🍽 **두 번째 입가심** 좋아하는 것은 사람 (어폐 있음) • 112

열다섯 번째 접시

제목 편 세 가지 발상법 • 115

열여섯 번째 접시

정보 제시 타이밍 편 정경과 인물 떠올려보기 • 125

∽ 샐러드 ··

열일곱 번째 접시

고양감 편 중2의 영혼이 출몰할 때 • 133

∽ 치즈 ···

열여덟 번째 접시

묘사와 설명 편 낫토를 몇 번 섞을지는 취향대로 • 141

∽ 디저트

열아홉 번째 접시

소설 쓰는 자세 편 본점에 들려온 고객의 소리 I • 150

🍽 **세 번째 입가심** 갑자기 딴소리 • 166

스무 번째 접시

문장 쓰기와 계속 써나가는 비결 편 본점에 들려온 고객의 소리 II • 168

스물한 번째 접시

구상과 구성, 등장인물 편 본점에 들려온 고객의 소리 III • 185

🍽 **네 번째 입가심** 곤란할 땐 기도를 • 210

∽ 커피와 프티 푸르

스물두 번째 접시

글감 편 성실과 양념은 같은 분량으로 • 213

스물세 번째 접시

단편소설과 장편소설 편 펀치와 여운, 구성력을 은근하게 • 221

∽ 식후 술

스물네 번째 접시

작가 데뷔 이후 편 맛있는 이야기를 쓰러 길 떠나는 이들을 배웅하며 • 233

삭가의 말 다시 찾아주시기를 바라겠습니다 • 243

어서 오세요, 잘 오셨습니다

〈웹 매거진 코발트〉에 연재한 시리즈 '소설 쓰기를 위한 소소한 조언'을 한 권으로 묶었습니다. 출간을 준비하며 새로운 내용과 칼럼을 추가했고 '매너는 필요 없어: 소설 쓰기 강좌'*라고 새롭게 제목도 달았습니다.

그렇다면 왜 저 같은 사람이 소설 쓰는 법에 대해 연재를 하게 됐을까요? 십사 년 전부터(제가 쓰고 '십사 년 전?' 하고 놀랐습니다만) 쭉 코발트 단편소설 신인상 심사를 맡아온 것이 계기가 되었습니다.

코발트 단편소설 신인상은 한국 원고지 기준으로 환산했을

---

*   일본에서 '매너는 필요 없어: 소설 쓰기 강좌'라는 제목으로 출간되었고, 한국어판을 출
       간하며 '풀코스 창작론'이라는 제목을 새로 달았다.

때 50~60매 분량으로 응모할 수 있는, 예나 지금이나 소설가를 꿈꾸는 분들이 열심히 응모해주시는 유서 깊은 상입니다. 여기서 신인상을 수상하고 장편에 도전해 작가로 활약하는 분이 많지요. 저는 열 명 남짓 되는 코발트 편집자분들과 두 달에 한 번씩 모여 최종 후보작을 놓고 매번 뜨거운 논쟁을 벌였습니다.

심사 모임을 할 때마다 저마다 소설을 읽고 해석하는 방법이 다양하다는 점을 깨닫고 무척 즐거운 한편 공부가 되었습니다. 무엇보다 혼신의 노력으로 쓴 작품을 응모해주신 분들께 매번 정말 감동받았습니다.

그렇게 십사 년이 훌쩍 지났습니다.

후보작을 읽는 동안 '이 부분만 살짝 더 신경 쓰면 좋아질 텐데' '나는 어떻게 소설을 쓰고 있지?' 이런저런 생각을 하는 한편 저의 글쓰기에 대해 반성도 했습니다. 그렇게 심사 모임을 끝내고, 편집자분들과 소설에 대해 편하게 이야기를 주고받던 중 "소설 쓰는 법에 대해 글을 연재해주시면 좋을 것 같은데, 어떠세요? 응모하는 분들한테 참고도 될 것 같고요"라는 제안을 받게 되었습니다.

처음에는 내가 할 수 있을까 의구심이 들었지만, 혼신의 노력을 다해 쓴 작품을 보내준 분들과 응모 계획이 있는 분들께 감사의 뜻을 전해보자 결심했습니다.

그리하여 지금껏 제가 소설을 써오면서 깨달은 점과 생각한 바를 지면에 마음껏 내질러보았는데요, 너무 내질렀나 싶은 부분도 있습니다(본문 참조). 그래도 아주 조금이라도 참고가 된다면 기쁘겠습니다.

'매너는 필요 없어'라는 말은 소설 쓰기는 자유로운 행위이므로 세세한 작법 같은 건 신경 안 써도 된다는 평소 생각에서 비롯되었습니다. 하지만 이 제목은 살짝 거짓말이기도 합니다. 소설 쓰기가 자유로운 행위인 건 맞지만, 조금만 신경 쓰면 더 자유로운 문장 표현이 가능해지는 포인트도 확실히 있기 때문입니다. 그런 부분에 대해서는 나름대로 예시를 들어가며 설명하고자 애썼습니다.

애는 썼지만 제가 어디 가겠습니까, 에헴!(에헴! 하면 안 되는 타이밍) 묘한 구석이 있어도 가볍게 읽어주시면 좋겠습니다. 그리고 소설가를 꿈꾸는 분이 인구의 몇 퍼센트나 될지 무척 불안하기 때문에 꼭 소설가를 지망하지 않는 분도 에세이 읽듯 손에 들어주시면 더욱 감사할 것 같습니다. 그런데 이런 내용은 서문에 써봐야 전달이 안 될 텐데……. 거기 소설가 될 생각 없는 분! 저 여기 있습니다. 계산대로 들고 가주세요!

책의 구성은 풀코스 메뉴로 짜봤습니다. "스물네 접시나 된다고? 너무 많지 않나? 배가 찢어지지 않겠어?" 하실 수도 있지만,

입가심 칼럼도 준비되어 있답니다. 입가심을 네 번이나? 툭하면 옷 갈아입는 초호화 결혼 피로연이야?

불평할 구석 많은 저희 가게에 잘 오셨습니다. 손으로 집어 드셔도 좋고, 누워서 뒹굴거리며 드셔도 좋습니다. 자유롭게 식사를 즐겨주세요.

퇴고 편
정원 손질은 완벽하게

자, 식사를 시작해봅시다. 맨 처음에는 아주 쉬운 요리부터 들어갈 겁니다. 초심을 잃으면 안 된다는 말도 있으니까요.

정말 중요한 점인데, 소설을 응모할 때는 응모 요강을 꼼꼼히 읽어야 합니다. 특히 종이로 출력해 응모할 때는 딱 봤을 때 읽기 좋은 서식으로 만들어주세요. 'A4, 글자 크기 10포인트, ○페이지' 등 지정된 내용이 있으면 잘 지킵시다. 서식을 조정해 외려 읽기 어려워진 원고를 보면 마음이 무겁습니다.

물론 중요한 건 작품 내용이므로 세부적인 것에 너무 신경 쓸 필요는 없습니다. 경고장 비슷하게 제출된 원고도 제대로 읽고 있으니까요.

그래도 소설은 누군가에게 읽히게끔 만들어지는 것입니다.

창작자는 독자가 읽기 쉬울지 반드시 상상해보고, 원고 양식을 정리해야 합니다. '컴퓨터 설정 같은 거 잘 모르고, 프린터 상태도 별로라 흐릿하긴 한데 시간도 없고 뭐, 괜찮겠지'처럼 해치우는 분위기를 풍기며 응모한다면 열심히 쓴 작품이 슬퍼하겠죠?

무엇보다 '이 글을 쓴 사람은 독자에게 읽힌다는 의식이 부족하네' '자기 글을 객관적으로 보지 못하는 사람이네'와 같은 인상을 주면 손해니까요. 시간적으로 여유를 갖고, 서식을 비롯해 작품을 정성스럽게 완성해주세요.

이 부분과 관련해 하나 더 짚고 넘어가야 할 점이 있습니다.

바로 꼼꼼한 퇴고입니다. 오자와 탈자는 없는지, 문장은 완벽하게 다듬어졌는지, 소설을 쓴 뒤에는 독자의 입장이 되어 작품을 객관적으로 읽고 손봐야 합니다.

프로 소설가 중에 퇴고를 안 하는 사람은 (짐작건대) 없습니다. 원고를 편집부에 보낼 때까지 몇 번이고 다시 읽으며 다듬고, 잡지에 게재되기 전에 또 한 번 교정지를 확인하고 퇴고합니다. 잡지에 게재된 원고를 단행본으로 출판할 때도 마찬가지입니다. 다시 교정지를 몇 번이나 주고받으며 혼이 쏙 빠질 때까지 퇴고합니다. 단행본이 문고본*이 될 때는……(이하 생략).

---

*   판형이 손바닥 정도로 작은 책으로 대부분 A6판(105×148mm)이다. 일본에는 잡지에 발표된 작품이 단행본으로 출간되고 이어서 문고본이 제작되는 출판 흐름이 있다.

그만큼 퇴고는 중요합니다. 원고를 다시 읽지 않고 보내는 건, 한밤중에 쓴 연애편지가 교실을 돌아다니는 것만큼 치욕스러운 일이라고 생각해주세요.

왜 퇴고가 중요한 걸까요? 퇴고는 독자를 위한 일이기 때문입니다. 작가는 퇴고를 통해 독자 입장에 서서 작품을 냉정하게, 객관적으로 판단할 수 있습니다. 읽는 이를 염두에 두지 않으면 절대로 좋은 작품을 쓸 수 없습니다. 그저 독선이 되어버리죠.

오자와 탈자가 많은 투고작을 읽으면 안타깝습니다. 작가가 본인 작품을 사랑하지 않으면 작품에 담긴 생각이 독자에게 전해지지 않습니다. 퇴고가 제대로 되어 있지 않은 원고는 온갖 풀이 키만큼 자란 정원과 같습니다. 그런 정원을 보이면서 "제가 애정으로 가꾼 정원입니다" 해봐야 독자 입장에서는 "당신 애정에 뭔가 문제가 있는 거 같은데! 꾸정모기에 온통 뜯겨서 가렵다고!"라고 할 수밖에 없지 않을까요?

자기 작품을 너무 사랑한 나머지 시야 확보에 실패하는 것도 문제입니다. 애정은 알겠으나 정원에 뜬금없는 장식만 가득하다면 자랑스레 내밀어도 손님(독자)으로서는 곤혹스럽기만 할 것입니다.

원고를 다 쓴 뒤에는 가차 없이 사랑의 채찍을 휘두르며 퇴고에 퇴고를 거듭해주세요. 비유하자면 퇴고는 정원의 풀을 베되 자연미 그득한 꽃은 남기고, 뜬금없어 보이는 장식물은 눈물을 삼키며 철거하는 행위입니다. 소설 집필에 있어서 모든 작업은 작품에 담긴 생각을 독자에게 정확하게 전하기 위함이라는 점을 명심해주세요.

다른 생각 말고 독자를 위해, 객관성 확보를 위해 퇴고해주세요. 그리고 문서 서식에도 어느 정도는 신경을 써주세요. 편집부와 심사위원은 어디까지나 내용을 토대로 심사하지만, 작가가 자기 작품에 애착(즉 열정)이 있는지, 자기 작품을 객관적으로 대할 수 있는지, 퇴고 정도나 서식을 통해 희미하게나마 감지하는 것도 사실입니다.

소설을 써낸 것만으로 만족한다면, 소설로 생계를 이어갈 생각이 없다면, 퇴고를 거치지 않아도 괜찮습니다. 말이 좀 차갑게 들릴지 모르겠습니다만, 그런 경우에는 원고를 서랍에 넣어두고 아무한테도 보여주지 않으면 됩니다. 만약 그런 게 아니라면, 쓰는 일을 직업으로 삼아 계속 써나가고 싶다면, 숱한 퇴고나 서식 정돈쯤은 발로도 할 수 있다는 마음가짐을 가져야 합니다. 갑자기 발 얘기로 튀는 실례를 범했습니다만 아무튼 그 발에서 천상의 향기가 난다는 생각으로 임해야 한다는 게 요지입니다.

'어째 이 표현도 좀' 하는 생각이 들 때일수록 끝까지 퇴고해 문장을 다듬어주세요.

60매 단편은 하룻밤이면 쓴다는 분도 있을 겁니다. 그런 분께는 쓴 뒤에 조금 차분해졌을 때 퇴고할 것을 추천드립니다. 몇 매 또는 몇 행씩 차근차근 써나가는 분이라면 전날 쓴 부분을 다시 읽고 퇴고한 뒤 그날의 집필에 착수할 것을 추천드리고요. 필요에 따라 작품의 서두부터 다시 읽고 퇴고한 다음 집필에 임하는 날도 있을 겁니다(하루에 다 완성했다면 처음부터 끝까지 다시 읽으며 퇴고해야겠죠). 이런 과정을 반복하면 작품이 한층 정교해질 뿐 아니라, 이야기 전개에 새로운 아이디어가 떠올라 그날의 집필을 활기차게 시작할 수 있을 겁니다.

최선을 다해 품을 들이고, 자기 작품에 적절한 거리를 두면서(객관성을 확보하면서), 정성껏 작품을 완성해나갑시다.

매수 감각 편

미아가 되지 않기 위해

"이래서 어디 소설을 쓰겠냐고!" 절로 소리가 나올 정도로 더위가 계속되고 있는 요즘, 여러분은 건강히 지내고 계신가요?

여름 더위에도 지지 않고

하루 50매 원고를 쓰고

그런 사람이

나는 되고 싶네*

각설하고, 문제는 '10매'입니다. 여기서 10매란 A4용지 10매

---

* 미야자와 겐지 《비에도 지지 않고》의 문장 패러디.

도, 티슈 10매도 아닌, 원고지 10매입니다. 그런 건 나도 안다고 말씀하실 테지만 잠시만요, 제 이야기 좀 들어보세요. 사실 요즘 원고지에 육필 원고를 쓰는 분은 많지 않을 것입니다. 저도 이 원고를 컴퓨터로 쓰고 있고요. 하지만 여전히 원고 분량을 이야기할 때는 원고지 기준으로 이야기합니다. 더 정확히는 200자 원고지 매수로요. 출판사에서 소설이나 에세이를 의뢰하는 경우 "150매로 부탁드립니다" "20매로 부탁드립니다" 같은 식으로 부탁을 합니다. 200자 원고지로 띄어쓰기 포함 150매 (또는 20매)라는 의미입니다.

일본의 경우 레이아웃이 확실히 정해져 있는 잡지나 신문에 게재되는 원고는 '13자 52행'처럼 자수와 행수를 세세하게 지정합니다. 광고 의뢰일 때는 자수를 구체적으로 제시하기도 하고요. 하지만 통상적인 기준은 원고지입니다. 소설가로 데뷔하면 주로 출판사와 일을 하기 때문에 원고지 1매가 어느 정도 분량인지 몸으로 익혀두어야만 합니다. 그렇지 않으면 의뢰 분량에 어느 정도의 내용을 담을지 감을 잡지 못한 채 집필에 착수하는 상황이 발생할 것입니다(덧붙여 말하면 일본에서는 원고료도 원고지 기준으로 계산합니다).

이 문제는 소설의 구성을 짜는 방식과도 깊은 관련이 있습니다. 예를 들어 코발트 단편소설 신인상의 응모 분량은 원고지 50~60매입니다. 그런데 투고작을 읽다 보면 내용이 매수에 맞지 않는다고 느껴지는 작품을 종종 만나게 됩니다. 이야기가 60매에 다 들어가지 않아 헐레벌떡 뛰어가다 뚝 끊기는 경우도 있고, 반대로 더 쓸 수 있는데도 이야기가 충분히 진행되지 않은 채 끝나버리는 경우도 있습니다. 한마디로 말해 구성 실패지만, 근본적으로는 원고지 1매 분량과 원고지 60매 분량이 어느 정도인지 몸으로 익히지(혹은 그려보지) 못한 결과가 아닐까 추측해봅니다.

여러분은 컴퓨터로 글을 쓸 때 자신이 쓴 글이 원고지 매수로 몇 매인지 의식하며 쓰시나요? 저는 보통의 기준대로 자수와 행수를 설정해 쓰는데, 공개하자면 1행 20자로 맞추고 행수가 늘 표시되도록 해서 어느 정도 썼는지 의식하며 이야기를 진행하려 합니다. 참고로 이번 칼럼은 여기까지 원고지 6매가 넘었네요.

매수 감각을 아직 익히지 못했다면 MS워드에서 1행 20자 또는 1행 40자로 행당 자수를 설정해두십시오. 원고지 환산 분량을 쉽게 파악할 수 있을 겁니다.* 또 이 정도 쓰니 10매가 나오는데 이야기가 전혀 진전이 안 됐네, 벌써 50매에 접어들었으니 슬슬 이야기를 수습하는 방향으로 가야겠다, 같은 식으로 가

* MS워드의 경우 페이지 레이아웃-페이지 설정에서 자수와 행수를 설정할 수 있다. 한글 프로그램의 경우 파일-문서 정보-문서 통계에서 원고지 매수를 확인할 수 있다.

늘하며 쓸 수 있는 효과도 있습니다. 이 과정을 반복하면 글을 쓰기 전에 구성을 짜는 힘이 붙고, 매수에 알맞은 이야기를 수월하게 떠올릴 수 있습니다.

지금 어느 정도 썼는지 파악하지 못하고 집필하는 것은 지도도 이정표도 지나는 사람도 없는 곳에서 미아가 되는 일이나 다름없습니다. 자기가 어느 정도 걸어왔는지, 앞으로 몇 킬로미터를 더 가야 목적지에 도착하는지, 우선은 그런 부분을 몸으로 파악하는 게 중요합니다. 집에서 가장 가까운 지하철역까지 몇 분 걸리는지 모두 경험으로 알고 계시지요? 같은 맥락에서 원고지 60매가 기준이라면 60매 분량을 파악해야 합니다. 각자 맞는 방법으로 매수를 의식해가며 경험을 쌓아주세요. 이 작업에 익숙해지면 몇 매를 의뢰받더라도 '좋아, 이 정도 얘기라면 딱 좋겠어' 하고 그려볼 수 있습니다(자수로 의뢰받아도 대략 원고지로 환산해 가늠해볼 수 있고요). 프로그램에 별도로 자수를 설정해두지 않아도, 문서 통계에서 원고지 매수를 확인해보지 않아도, 대략 몇 매를 썼는지 감각적으로 파악할 수 있게 됩니다.

매수 감각을 기르지 않으면 공들여 짠 구성이 정해진 매수 안에서 소화가 안 되는 비극이 거듭 발생할 것입니다. 경험을 쌓으면 감각은 자연히 몸에 익는 법. 매수를 의식하면서 집필에 임해주세요.

단편소설 구성 편 I
상황파와 감정파

소설 쓰기 코스 요리(?) 이제 세 번째 접시입니다. 퇴고의 소중함이 골수에 스미고, 매수 감각을 기르는 훈련을 게을리하지 않겠다 다짐한 이 시점에서 이번 접시는 구성에 대한 이야기로 준비해보았습니다.

물론 구성은 각자 자유롭게 편한 방법으로 짜면 됩니다. 아예 짜지 않아도 되고요. 단, 아직 소설 쓰기가 익숙하지 않을 때는 구성을 세운 뒤에 집필에 착수하는 쪽이 이야기 전개에 유리하지 않을까 싶습니다.

60매 단편의 구성을 예로 들어보겠습니다. 소설에 잘 써지는 절대 공식 같은 건 없으니 지금부터 이야기하는 내용을 참고해 자신에게 맞는 방법을 찾아보세요.

이야기의 영감이 떠오르는 방식은 크게 두 종류로 나뉩니다.

1. 등장인물 간의 대화, 처한 상황 등이 떠오른다.
2. 등장인물에 관한 정보나 내용이 아닌 어떤 감정이나 작품의 분위기, 주제 같은 것이 떠오른다.

제 경우에는 2번의 압승입니다. 처음에는 주요 등장인물이 어떤 사람이고, 그들이 어떤 이야기를 주고받는지 거의 떠오르지 않습니다. 그런데 1번에 해당하는 분도 상당수 있는 듯합니다. 이야기가 떠오르는 단계에서도 사람에 따라 다양한 경향이 나타나니 구성을 짜는 게 말처럼 쉬운 일이 아니죠.

단편의 경우 도입부의 펀치와 결말의 여운이 중요하기 때문에 구성 단계에서 지나치게 세세하게 파고들 필요는 없습니다. 플롯이 선명하게 드러나는 부분이나 등장인물의 감정이 가장 고양되는 부분(핵심이라고도 할 수 있겠으나 저는 이것을 '심장'이라고 표현합니다)을 정해두면 됩니다.

등장인물 간의 대화가 먼저 떠올랐다면(이하 1번이라고 하겠습니다) 그 말이 심장이 될지도 모릅니다. 어떤 감정이나 분위기, 주제 같은 것이 먼저 떠올랐다면(이하 2번이라고 하겠습니다) 감정이 슬슬 올라오는 장면이나 주제가 드러나는 장면이 심장이 되는 경우가 많겠고요.

1번의 경우 떠오른 대화가 단편 도입부에 위치한다면 문제가 될 수 있습니다. 도입부에 심장이 오는 소설이 전혀 없는 것은 아니지만 기본적으로 심장은 중반 이후에 오는 구성이 일반적이니까요. 도입부의 대화만 떠오른 경우 이야기에 진전이 전혀 없을 가능성이 큽니다.

이를 방지하기 위해서는 등장인물의 성격과 생각, 생활 등을 구체적으로 상상해야 합니다. 이름도 지어보고요. 어떤 사람인지 파악하는 겁니다. 그런 다음, 도입부에서 대화를 나누는 이들의 신상에 결정적인 파멸(또는 회복)이 일어나게 하려면 어떤 에피소드가 적당할지 생각해봅니다. 이 에피소드를 중반 이후의 심장이 되게끔 설정하는 게 작전입니다.

파멸이라고 표현했지만, 회사에서 부당해고를 당해 무일푼이 되고 주민들에게 괴롭힘을 당하거나 총격전에 휘말리는 것 같은 엄청난 일일 필요는 없습니다. 파멸과 회복이란 쉽게 말해 작품에 일어나는 극적인 사건입니다. 아무리 사소한 사건이라 해도 구성을 어떻게 짜는지에 따라 극적인 부분, 이야기가 흥미롭게 펼쳐지는 부분이 될 수 있습니다. 극적인 사건을 일으키기 위한 가장 빠른 지름길은 주인공을 궁지로 몰아가는 인물이나 사건을 출현시키는 것입니다. 주인공의 심신이 그저 느긋하고 평안하다면 드라마는 펼쳐지지 않을 테니까요.

등장인물의 성격을 파악했다면 그가 싫어하거나 슬퍼하거나 화낼 것 같은, 마음에 동요가 일 것 같은 타인의 언행이나 사건은 무엇일지 상상해보세요. 바로 그게 작품의 심장이 될 것입니다. 객관적으로는 별것 아니라고 여겨질지라도 당사자(등장인물)에게 의미가 있다면 충분합니다. 그렇게 만들어진 심장이 이야기를 한 올 한 올 짜나갈 것입니다.

등장인물 마음에 긍정적인 동요가 이는 순간이 심장이 되는 방식도 괜찮습니다. 단, 이 경우 등장인물은 심장에 이르기까지 궁지에 빠져 있어야 합니다. 과거를 딛고 기쁨을 느껴야만 그 장면이 심장(극적인 부분)이 될 테니까요.

2번이라면 그려내고 싶은 감정이나 보여주고자 하는 주제는 있지만, 어렴풋한 분위기만 떠오르는 경우가 문제입니다. 이런 경우에는 분위기 소설이 되지 않도록 구석구석 구체적으로 생각하는 수밖에 없습니다.

우선 그려내고 싶은 감정이나 주제가 드러나는 장면을 구성의 규칙에 따라 작품 중반 이후로 가져갑니다. 그런 뒤 원하는 감정을 그리는 데 적절한 등장인물은 누구일까, 인물의 성격이나 생활 방식, 처한 환경 등을 구체적으로 떠올립니다. 이름도 물론 지어야 하고요. 장소를 설정하는 것도 대단히 중요합니다.

24

분위기는 독자의 가슴에 남기는 것으로 충분합니다. 작품의 결과로써 배어 나오는 것에 작가가 먼저 풍덩 빠져버리거나 완전히 휩쓸려서는 안 됩니다.

솜사탕을 상상해봅시다. 몽실몽실합니다. 하지만 솜사탕을 솜사탕으로 만드는 모든 것이 다 몽실몽실한가요? 그렇지 않습니다. 솜사탕은 막대기, 설탕, 양철통 기계, 솜사탕 아저씨가 있어야 비로소 솜사탕이 됩니다. 솜사탕을 이루는 구성은 전혀 몽실몽실하지 않은 셈이죠. 하지만 완성품으로서의 솜사탕은 변함없이 몽실몽실합니다.

소설도 마찬가지입니다. 등장인물을 현실감 있게 만드는 상상력이나 이야기 구성과 같이, 소설을 소설이게끔 만드는 기법과 의도는 확실히 해둬야 합니다. 그래야만 처음에 떠올린 '몽실몽실'과 같은 분위기가 실현됩니다. 머릿속 분위기에 심취해 이야기를 쓰면 의도한 분위기가 절대 소설에서 배어 나오지 않습니다.

자, 1번과 2번 모두 심장이 되는 부분과 등장인물의 성격을 정했습니다. 이제 도입부와 결말을 생각할 차례입니다.

단편의 경우 도입부의 '사로잡기'가 중요합니다. 독자가 '뭐야, 무슨 일이 있었던 건데?' 하고 생각하게 만드는 장면이나 대화가 대표적입니다. 결말은 대략적인 느낌 정도만 정하고 써도 괜찮습니다. 써나가는 동안 등장인물이 생기를 얻어 생각지 못한 행동이나 선택을 하는 경우도 있거든요. 구성 단계에서 결말을 확고하게 정해두면 오히려 소설이 움츠러들 위험이 있습니다.

60매 정도의 단편이라면 도입부(독자를 단번에 작품 세계로 이끄는 부분)와 심장(이야기 전개가 물살을 타는 부분, 등장인물의 감정이 고양되는 부분), 결말(여운을 자아내거나, 시원하게 웃음과 박수를 자아내는 부분) 3단 구성으로 생각하는 것이 기본일 듯합니다. 이때 핵심은 도입부터 쭉 구성을 생각하는 것이 아니라(그건 줄거리에 불과합니다), 우선 심장 부분을 중심에 붙박아놓는 것입니다. 심장의 앞뒤는 심장을 돋보이게 하기 위해 존재한다는 느낌으로 이야기를 떠올리고, 심장을 최대한 살리는 관점에서 구성을 짜보세요.

구체적인 예가 없으면 살짝 어려울지도 모르겠네요. 다음 접시에서는 제 작품을 예로 들어 단편의 경우 어떻게 이야기를 떠올리고 구성을 짜는지 설명해보겠습니다. 워낙 감성파(다소 멋들어지게 말해보았습니다)라 설명을 잘할 수 있을지 확신은 들지 않지만 최선을 다해보겠습니다.

단편소설 구성 편 II

구체적인 예를 곁들임, 내 작품 예로 들어 발등 찍기

세 번째 접시에서 60매 단편의 구성 짜는 법에 대해 이야기해보았는데요, 조금 추상적이랄지, 어렵게 느껴질 것 같아 이번 접시에서는 실제 사례를 들어 발상과 구성에 대해 설명해드리려고 합니다.

예로 드는 작품은 저의 소설인 〈작은 별 드라이브〉입니다. 100매 분량의 단편이지만 발상과 구성 면에서 60매와 큰 차이가 없을 것 같습니다.

〈작은 별 드라이브〉를 꼭 읽어보라는 말은 아닙니다만 관심이 생긴다면 한번 읽어봐주세요(작은 목소리 광고). 간단한 줄거리는 이렇습니다.

〈작은 별 드라이브〉는 대학 부근 도시에 사는 대학생 남녀의 이야기입니다. 화자인 '나'는 여자친구 '가나'와 아파트에서 반동거 생활을 하고 있습니다. 어느 날 밤, 언제나처럼 가나가 집에 들어왔는데 식욕이 없는지 '나'가 준비한 저녁을 먹지 않습니다. 이상하다고 생각하며 잠에 들었다가 다음 날 아침 같이 학교에 갔는데 어쩐 일인지 친구들에게는 가나가 안 보이는 듯합니다.

사실 가나는 전날 밤 아파트로 오던 중 자동차에 들이받혀 유령이 되었습니다. '나'는 어린 시절부터 유령을 볼 수 있었기에 가나가 유령이라고 전혀 생각하지 못한 거죠.

'나'는 유령 가나와 함께 가나가 살아 있을 때와 다를 바 없이 생활하지만 둘 사이에 미묘한 찬바람이 불기 시작합니다. '나'는 이렇게 계속 가나에게 감시당하면서 다시는 연애도, 결혼도 못하는 게 아닐까 생각합니다. 가나는 가나대로 자기 모습을 볼수 있는 것도, 대화를 나눌 수 있는 것도 '나'뿐이기에 '나'에게 의지할 수밖에 없는 상황에 불안을 느낍니다.

그러던 어느 날, 뜻밖의 계기로 가나가 시속 80킬로미터 이상으로 이동하면 유령의 몸을 유지하지 못하고 흔적도 없이 사라진다는 사실이 밝혀집니다. 나는 액셀을 밟아 120킬로미터로 달리고 싶다는 충동에 사로잡히지만 실행에 옮기지 못하고 가

나를 조수석에 태운 채 차를 몰아갑니다.

줄거리만 나열하자니 영 마뜩잖습니다. 하지만 줄거리를 알았으니 안 읽어도 되겠다는 생각은 금물입니다. 부디 졸저의 헌신(?)이 어떤지 살펴봐주시기를!

이 소설은 어떻게 이야기를 떠올리고 구성을 짜나갔는지 기억을 더듬어보겠습니다.

이 작품을 쓰기 몇 년 전, 예전에 신세 진 분을 멍하니 떠올린 적이 있습니다. '돌아가신 지 꽤 됐는데 가끔 이렇게 생각이 나네, 별로 안 친했던 학교 친구(살아 있음)는 한 번도 떠올린 적 없는데' 하고 생각하면서, 그렇다면 산 사람과 죽은 사람의 차이는 뭘까 의문이 들었습니다. 친분이 없던 학교 친구 입장에서는 마찬가지로 내가 죽은 사람보다 먼 존재겠구나 싶어 이상한 기분에 사로잡혔습니다.

이런 기분을 소재 삼아 소설을 쓰고 싶다고 생각하던 중에 몇 년이 지나 좋은 기회에 '신주心中'*라는 주제의 단편소설을 의뢰받았습니다. 당연히 쾌재를 부르며 응했지요. 우선 앞서 말한 기분을 단편의 심장으로 삼기로 했습니다. 앞 접시의 설명대로 말하자면 저는 2번에 속합니다. 등장인물에 관해서는 모호하

---

* 서로의 마음을 확인한다는 뜻을 가진 일본어로, 주로 사랑을 이루지 못하게 된 두 남녀가 함께 죽음을 맞이하는 것을 가리킨다.

고 감정이나 작품의 분위기, 주제 같은 것이 떠오르는 파이므로 기분을 단편의 심장으로 삼고 이야기를 떠올리는 경우가 많습니다.

다음으로 이 기분을 이야기로 표현하기 위해서는 어떤 등장인물이 좋을지 생각했습니다. 저는 전부터 왜 어떤 사람은 유령을 보는지, 그 사람들에게 이 세상이나 죽음은 어떻게 보일지 관심이 많았습니다. 그래서 주인공은 유령을 보는 사람으로 설정했습니다. 소설 분위기는 언뜻 유머러스하지만 아름다움과 안타까움, 스산함을 동시에 풍기는 느낌으로 상상했고 자연히 인물은 반짝반짝 빛나는 청춘, 대학생이 떠올랐습니다. 그렇게 주인공의 대학생 연인이 유령이 되는 이야기로 구체화했죠.

거기서 사고가 살짝 멈췄습니다. 사인에 대한 고민 때문이었습니다. '병사라면 간병 장면이나 또 다른 묘사가 필요해질지 모르고, 쓰고 싶은 내용과 엇나갈 위험이 있다. 그렇다면 남는 건 돌발적인 사고인데 자동차에 들이받히는 게 좋으려나…….' 이런 생각이 들었습니다.

사인은 잠시 내려놓고 소설의 무대가 될 장소를 생각해보기로 했습니다. 친구가 쓰쿠바 대학 부근에 살 때 놀러 가본 적이 있는데, 무척 규모 있는 계획도시로 이곳 대학에 다니려면 학생들도 자동차가 필수겠구나 싶었습니다(학교 안에서의 이동도 쉽지 않을 정도였거든요). 그래도 조금만 차를 타고 움직여 대학을 벗어나면 자연이 펼쳐졌습니다.

산 사람과 죽은 사람 사이의 경계를 그리기에 딱 좋은 공간이었습니다. 자동차 없이 생활하기 힘든 곳에서는 연인이 불행히 자동차에 들이받혀 죽어도 그렇게 부자연스러운 일은 아닐 테니까요. 그래서 쓰쿠바 대학의 계획도시와 비슷한 공간을 무대로 삼자는 결심이 섰습니다.

그러자 다시 이런저런 발상이 떠올랐습니다. 주인공과 연인이 연인의 죽음 이전, 이후로도 자주 함께 드라이브에 나선다. 그러나 일정 속도 이상으로 달리면 유령의 몸이 버티지 못한다. 설정이 착착 정해졌습니다.

여기까지 머릿속으로 생각하는 데 오 분도 채 안 걸린 듯합니다. 당시의 아이디어 노트를 보면 '에이타, 사에, 일인칭, 작은 별 드라이브'라고 쓰여 있습니다. 구성이 이게 다라니! 구성 단계에서 사에라고 이름을 지었다가 가나로 변경한 건 가나라는 이름의 울림이 날카로운 동시에 슬픈 느낌을 자아냈기 때문입니다. 참고로 작품에서 '나'는 '에이 짱'이라고 불립니다.

이렇듯 단편의 경우 종이에 구성을 적지 않고 집필에 착수하기도 합니다. 단, 머릿속에서 갈 길이 상당 부분 보일 때만 그렇습니다. 〈작은 별 드라이브〉의 경우 심장이 될 기분은 확실히 해두고, 일정 속도 이상에서 유령의 몸이 버티지 못한다는 설정과 함께 결말도 이미 정해둔 상태였습니다. 가본 적 있는 곳을 무대로 삼았기에 공간을 떠올리기도 쉬웠고요. 이제 100매라는 정해진 분량에 알맞은 속도로 이야기를 풀어나가면 되는데, 자잘한 설명을 할 여유가 없으니 첫 문장부터 확 나가보자 생각했습니다.

발상을 떠올리고 머릿속으로 구성을 짠 대략적인 순서는 이렇게 요약할 수 있습니다. 먼저 심장을 정함. 심장을 효과적으로 살릴 등장인물과 무대를 정함. 그렇게 하고 나니 세부 설정이 착착 떠오름. 매수에 맞춰 진행하기 위해 도입부에서부터 이야기를 확 전개해나감.

〈작은 별 드라이브〉의 도입부 첫 문장은 이렇습니다.

정말로 물정 어둡게도, 나는 가나의 죽음을 한동안 알아채지 못했다.

일단 이렇게 질러봤습니다. 물론 가나가 유령인 것까지는 밝히지 않았고요. '뭐야? 가나라는 애가 이미 죽었나? 곧 죽는다는 건가?' 같은 궁금증을 유발하는, 독자의 흥미를 끄는 도입이 되었다고 생각합니다.

'나'와 유령 가나의 생활과 주변인을 묘사해나가며 60매 부근 즉, 전체 분량의 절반을 조금 넘겼을 때 쓰고 싶었던 심장을 풀어놓았습니다.

얼굴도 이름도 모르는, 길 가다 만나도 유령처럼 서로 눈길도 주지 않고 지나가는 대부분의 사람들. 그들에게 나는 죽은 사람이나 다름없고 내게 있어 그들도 마찬가지다. 밤의 거리를 내려다보았다. 벌써 저승에 와 있는 듯한 기분이 들었다.

여기서부터는 단숨에 결말로 돌입합니다. 두 사람 사이에 묘하게 불온한 공기가 흐르는 와중, 가나가 80킬로미터 이상의 속도에서 버티지 못한다는 사실이 밝혀지고 결말이 이어집니다.

가나에게 남은 '좋아한다'는 감정은 언젠가 옅어질까? 감정이 사라지면 가나도 완전히 사라질까? 그런 날이 빨리 오길 바라는 것 같기도, 내 심장박동이 멈출 때까지는 사라지지 않고 있어주길 바라는 것 같기도 하다. 나는 두 가지 마음을 품은 채 별하늘 아래서 차를 몰았다.

어떠신가요. 도입(독자를 단번에 작품 세계로 이끌고, 설명에 할애할 분량을 최대한 줄이기 위해 펀치 중시) → 심장(이야기가 펼쳐지거나 등장인물의 감정이 고양되는 부분으로, 중반 이후에 위치함) → 결말(여운 또는 웃음과 박수)의 단편 구성 규칙을 따른 게 느껴지실까요? 제 작품을 예로 드는 바람에 '규칙을 따른다고 꼭 잘 쓰는 건 아니네' 하시는 건 아닐지 모르겠습니다. 면목 없습니다. 세상에는 훌륭한 단편이 아주 많으니 이리저리 연구해 주세요.

물론 일부러 규칙(기본)과 다른 구성으로 짤 수도 있습니다. 저도 〈작은 별 드라이브〉를 쓸 때 규칙에 대해 특별히 생각하지 않았고요. 하지만 자연스럽게 기본적인 구조를 취하게 됩니다. 참 신기한 일이죠? 중반을 살짝 지난 뒤에 심장이 오면 딱 좋다는, 이야기의 보편적인 리듬 같은 게 있는지도 모르겠습니다.

모쪼록 단편 발상 및 구성에 조금이라도 참고가 되면 기쁘겠습니다.

일인칭시점 편
시야가 좁아지지 않도록 주의

구성을 짰다면 어떤 이야기를 쓰고 싶은지 갈 길은 대략 보입니다. 다음으로 생각할 것은 인칭입니다.

물론 생각해야 할 것은 그 밖에도 산더미입니다. 매력적인 등장인물 설정법 같은 고민이 대표적이지요. 하지만 등장인물에 관한 것(성격이나 대사)은 솔직히 취향을 타는 부분이 많습니다.

작가가 '이런 주인공이면 인기 많다는 게 이해되겠지!' 생각하고 써도 꼭 모든 독자가 동의하는 건 아닙니다. "주인공이 제멋대로라 별로네" "이런 사람이 인기가 많아? 말세네" 등 반드시 이견이 있게 마련입니다. 당연한 얘기입니다. 모든 사람에게 사랑받는 사람은 없으니까요. 등장인물에 대한 호불호도 사람마다 제각각이며 설령 가공의 인물이라도 만인에게 사랑받을 수는 없습니다.

등장인물의 성격이나 대사에는 작가의 취향이나 감성이 담기기 쉽습니다. 등장인물에 대한 호불호도 독자의 취향이나 감성에 지대한 영향을 받고요. 그래서인지 등장인물은 논리나 이론으로 어찌하기 어렵다는 느낌입니다.

저도 이제껏 멋지다고 생각하며 쓴 등장인물이 이렇다 할 호응을 얻지 못한 경험이 있습니다. 제 취향이 특수하다는 것을 깨닫고 "죄송합니다, 다시 태어나서 오겠습니다" 했지요. 허허, 그것참 쉽지 않습니다.

그에 비해 인칭은 논리와 이론이 어느 정도는 효과를 발휘하는 부분입니다. 전술을 펼 수 있는 부분이라는 뜻이지요(물론 몇몇의 천재는 전술 같은 걸 펴지 않고도 쓰고 싶은 이야기에 딱 맞는 인칭을 본능적으로 골라 쓰겠지만요).

적합한 인칭을 깊이 생각한 뒤에 소설을 쓰면 이야기와 등장인물은 훨씬 빛이 납니다. 취향이나 감성에 좌우되는 경향도 있지만 논리와 이론이 조금 더 힘을 쓰는 인칭 문제를 잘 처리한다면 등장인물의 매력을 끌어올릴 수 있습니다.

각 인칭에 어떤 특징이 있는지 간단하게 생각해봤습니다. 참고로 봐주십시오.

일인칭 소설에서는 '나'라는 특정 인물의 시점에 기초해 이야기가 서술됩니다. 향수나 서정을 빚어내기 쉽기 때문에 과거 일을 돌아보는 이야기일 때 효과적입니다. 예를 들어보겠습니다.

열일곱 여름, 내가 겪은 일을 이야기하려 한다. 앞으로 몇 년을 산다 해도 다시 느낄 수 없을, 환희와 약간의 아픔을 띤 찬란한 그 여름의 일을.

이 경우 한 인물의 시점으로만 묘사하기 때문에 시야가 좁아지기 쉽다는 약점이 있습니다. 이야기가 답답한 느낌이 들거나, 독자들이 '이 화자는 자기만 옳은 줄 아네' 하고 느낄 위험이 있는 것이죠.

시야가 좁아지는 예를 하나 들자면, 일인칭시점에서는 기본적으로 화자의 외모에 대해 쓰기 어렵습니다.

투고작에서 자주 보이는 패턴인데, 일인칭 주인공이 거울을 보는 장면에서 내친김에 자기 외모를 설명하는 경우가 있습니다. 흐름이 자연스럽지 않다면 "누구한테 하는 설명이지? 외모가 어떤지 물어본 사람도 없는데? 세상에 매일 아침 세수하고 거울 보면서 '병적일 만큼 하얀 피부, 호수처럼 파란 눈, 엄마에게 물려받은 금발' 등 자기 외모를 머릿속으로 설명하는 사람이 있나?"와 같은 지적을 받을 걸 각오하셔야 할 겁니다.

일인칭시점일 때 어쩔 수 없이 화자의 외모를 설명해야 하는 경우, 제가 생각하는 가장 좋은 해결책은 화자 이외의 누군가가 화자의 외모를 화제 삼고 그에 대해 화자가 반응을 보이는 것입니다.

"너는 늘 안색이 창백하단 말이야. 아침밥 챙겨 먹었어?"

"뭐라는 거야, 세 공기나 먹고 왔는데."

"그럼 됐고. 뭐, 보기에 따라서는 피부도 하얀 게 눈까지 파래서 예쁘기도 해."

"꺼져, 재수 없어."

"머리카락 부스스한 거 봐라. 내가 빗어줄까? 여동생 머리 맨날 땋아줘서 잘하는데."

벌써 몇 번이나 되풀이했는지 모를 공방전을 어김없이 차가운 태도로 마무리 지은 후, 조용히 한숨을 내쉬었다. 멋대로 도망쳐 버린 엄마가 떠오르는 이 열 뻗치는 머리. 앤디가 이런 말라비틀어진 지푸라기 색 머리를 만지게 하기 싫다. 내 머리도 케이티(앤디의 여동생)처럼 반드르르한 검은색이면 좋을 텐데.

가장 좋은 해결책에는 못 미치는 예지만, 웬만큼 품을 들이지 않으면 화자의 외모를 자연스럽게 묘사하기가 쉽지 않다는 점은 느끼셨을 것 같습니다. 일인칭시점은 생각보다 제약이 있습니다.

그렇지만 약점과 이점은 표리일체인 법. 예를 들어 서술 트릭이 있다면 일인칭시점을 선택하는 경우가 많습니다. 일인칭 화자가 말할 수 있는 범위가 협소한 점을 역으로 이용한 전략인데요, 화자가 말하고 싶지 않은 건 말하지 않고(일부러 정보를 숨기고) 이야기를 해나갈 수 있습니다.

일인칭시점 특유의 답답함을 타파하고, 이야기할 수 있는 범위를 넓히기 위해서는 어떻게 해야 할까요? 인물 A 일인칭, B 일인칭, C 일인칭과 같이 장별로 시점 인물을 바꾸는 것이 한 가지 방법입니다. 그런데 이렇게 되면 연작소설 느낌이 날 수 있고, 작가의 연기력도 많이 필요로 합니다. 3인 3색의 대사를 시점 인물이 바뀔 때마다 달리해서 써야 하니 말이죠.

하지만 반대로 생각하면 일단 연기를 잘하면 게임 끝이라고 할 수 있습니다. 인물의 내면을 깊이 파고 들어가 묘사하는 것도, 화자의 입을 통해 인물의 성격을 생생히 빚어내는 것도 가능해지니까요.

어느 한 인물의 시점과 대사만으로 이야기를 끌고 나간다는 건 독자가 인물에 몰입하게 만드는 힘이 강하다는 뜻입니다. 작가가 일인칭 화자에 완벽히 몰입해 쓸 수 있다면 독자가 화자에게 공감하고, 이야기에 빠져들어 즐길 확률이 높아집니다.

저는 기본적으로 단편과 중편에서 등장인물이 적고, 섬세한 심리 및 관계를 그리고 싶을 때 일인칭시점을 많이 선택합니다.

1000매가 넘는 장편에서 시점 인물을 바꾸지 않고 쭉 나아가기란 상당한 전술을 쓰지 않고는 결코 만만치 않습니다. 앞서 밝혔듯 일인칭 화자가 말할 수 있는 범위는 의외로 좁고, 그걸 해결하려면 품을 꽤 들여야 하기 때문입니다. 까딱하면 갑갑하거나 지나치게 농밀한 1000매가 될 수 있습니다.

일인칭시점의 최대 난점은 '이 화자는 도대체 누구를 향해, 무엇을 위해, 왜 이렇게 줄줄 말하는 건가' 같은 의문이 생긴다는 것입니다.

이런 의문을 극복하는 방법으로는 세 가지가 있습니다.

1. 의문 자체를 무시한다(소설의 기법인 것을 인정하고 너무 깊이 생각하지 않는다).

2. 편지나 수기, 모종의 고백 등 대상이 명확한 글로 만든다.

3. 위의 두 가지 이외의 신기술을 발명한다. (뾰족한 수가 떠오르지 않네요, 면목 없습니다!)

아이고, 벌써 매수를 넘겨버렸습니다. 두 번째 접시에서 매수 파악하는 힘을 몸에 익히라며 대단한 듯 말해놓고 정작 저는 전혀 실천하지 못했네요.

삼인칭시점에 대한 이야기는 다음 접시에서 다루겠습니다. 이인칭시점은 어디 갔느냐고요? 별로 안 쓰이는 시점이니 지나가도 되지 않을까요(건성건성)?

삼인칭시점 편

너무 많이 생각하면 지옥을 보게 되니 조심

일인칭시점을 살펴본 데 이어 이번 접시에서는 삼인칭시점에 대해 생각해보겠습니다.

간단히 생각해도 되나요? 됩니다(자문자답). 인칭에 대해 너무 많이 생각하면 저 같은 사람은 "으악!" 하고 소리 지르면서 아무것도 못 쓰게 되어버립니다. 어떤 인칭을 선택해도 소설의 서술이란 어쩔 수 없이 인위적이라는 점이 절절하게 느껴지기 때문입니다.

그도 그럴 것이 벌레가 된 사람이 "아침에 일어나니 나는 벌레가 되었다" 하고 누구를 향하는지도 모를 상황 설명을 한다는 게 현실적으로 말이 되나요? 읽는 사람의 입장에서는 "당신 지금 엄청난 상황에 직면한 거야! 그런 설명을 하고 있을 때가 아니라고!" 하고 응수하고 싶을 겁니다.

삼인칭시점을 고른다고 해도 상황은 마찬가지입니다. '미우라'라는 인물이 지금 막 벌레가 되었다고 합시다. "아침에 일어나니 미우라는 벌레가 되어 있었다"라고 상황을 묘사하면 독자는 어김없이 "이 목소리는 누구지? 어딘가에서 보고 있으면 설명만 하지 말고 가서 좀 도와줘!"라고 말하고 싶어질 겁니다.

아무리 자연스럽게 쓰려고 해도 소설의 서술은 인위적일 수밖에 없다 생각하는 건 바로 이런 점에서입니다. 일인칭시점을 골라도 삼인칭시점을 골라도 역시 뭔가 어색한 거죠.

인칭에 대해 너무 많이 생각하면 어색함이 밟히고 또 밟혀 소설을 쓸 수 없게 돼버립니다. 하지만 각 인칭의 특징과 장점, 이점 등을 잘 파악하고 쓰고자 하는 소설에 적합한 인칭을 적용하는 것은 대단히 중요합니다. "도대체 어쩌란 말이야?" 따져 묻고 싶을 수 있지만 어쩔 수 없습니다. "으악!" 하고 소리를 지르기 직전에 생각을 적당히 끊어주세요. 어려운 부탁을 드려서 죄송합니다.

그럼 이제 삼인칭시점에 대해 간단히 생각해보겠습니다.

삼인칭시점의 소설은 'A는' '미우라는' 하고 등장인물의 외부, 객관적(이라고 여겨지는) 시점에 근거해서 이야기가 서술됩니다. 삼인칭시점은 대략적으로 단일 시점과 다중 시점으로 나눌 수 있는데 현대 소설, 특히 대중소설에서 주류가 되는 삼인칭시점은 단일 시점입니다.

삼인칭 단일 시점이란 예를 들면 이렇습니다.

살짝 취해 밤길을 걷고 있던 A는 누군가 따라오는 느낌이 들어 무심코 휘파람을 불다 그만뒀다. 아무렇지 않은 척 계속 걸으면서 귀를 쫑긋 세웠는데, 역시 착각한 게 아니었다. 뒤쪽에서 발소리가 들려왔다. A는 무심코 걸음이 빨라졌다. 발소리도 같은 리듬으로 속도를 높였다. A가 결심하고 뒤를 돌아보자 가로등 불빛이 닿지 않는 어둑한 곳에 남자가 서 있었다. 실루엣을 보니 B였다. B는 씩 웃고 있는 듯했다.

A라는 특정 인물에 카메라를 고정해 A의 눈에 보이는 것을 묘사하는 방식입니다. 이때 단정적으로 쓸 수 있는 것은 A의 생각과 감정뿐입니다.

"B는 씩 웃고 있는 듯했다"라고 되어 있는 문장에 주목해주세요. 카메라가 A에게 고정되어 있기 때문에 B가 정말로 웃었는지 어떤지 단정할 수 없습니다. 주변이 어둑해 세세한 표정까지는 볼 수 없기 때문입니다.

삼인칭 단일 시점의 난점은 삼인칭시점과 일인칭시점이 어떻게 다른지 헷갈린다는 점입니다. 주어를 'A'에서 '나'로 바꿔도 무방한 게 아닌가 하는 의문이 생길 수 있습니다.

삼인칭시점의 이점은 일인칭시점에 비해 시점 변경이 더 잘 드러난다는 점입니다. 일인칭소설이라면 1장의 '나(미우라)'에서 2장의 '나(마쓰우라)'로 시점이 바뀔 경우, 독자에게 혼란을 줄지 모릅니다. 이런 상황을 막으려면 1장 화자인 '나'를 향해 "어이, 미우라!" 하고 친구들이 부르는 장면을 넣거나, 2장 화자인 '나'를 선생님이 "마쓰우라!" 하고 지명하는 장면을 넣는 등 번거롭게 품을 들여야 합니다.

삼인칭 단일 시점이라면 이런 문제는 사라집니다. 1장과 2장에서 '나' 대신 인물의 이름이 쓰여 있으니 독자가 소화하기 쉽죠. 또 일단은 삼인칭시점이므로 급히 카메라가 A의 곁을 벗어나 멀리서 상황을 묘사하는 것도 허용됩니다. 예를 들어, 좀 전의 예문 끄트머리에 "주택가 한가운데에서 대치한 두 남자를 목격한 사람은 아무도 없었다"라는 한 문장을 더한다고 해도 별로 위화감이 들지 않습니다. 그렇지만 'A는'을 모두 '나는'으로 바꿀 경우 이 한 문장을 더하면 '나'는 왜 갑자기 해설 느낌이 나게 말하는지, 대체 무슨 근거로 목격한 사람은 아무도 없었다고 단언하는지 의문에 빠지게 됩니다.

삼인칭 단일 시점은 일인칭시점과 대단히 비슷하지만 일인칭시점보다 묘사할 수 있는 범위가 넓고, 생각과 감정을 깊이 파고들기에도 좋습니다. 기본적으로는 카메라를 고정한 인물의 생각과 감정만 묘사할 수 있는 제약은 있지만요.

삼인칭 단일 시점은 일인칭시점과 삼인칭시점의 장점만 취하는 듯한 면이 있어 이를 택하는 소설이 많습니다. 저 역시 장편을 쓸 때는 삼인칭 단일 시점으로 쓰는 경우가 대부분입니다.

삼인칭 다중 시점은 이런 느낌입니다.

살짝 취해 밤길을 걷고 있던 A는 누군가가 따라오는 느낌이 들어 무심코 휘파람을 불다 그만뒀다. 아무렇지 않은 척 계속 걸으면서 귀를 쫑긋 세웠는데, 역시 착각한 게 아니었다. 뒤쪽에서 발소리가 들려왔다. A는 무심코 걸음이 빨라졌다. A에게 따라붙은 걸 들켰다 싶은 B도 황급히 걸음을 빨리했다. A가 마침내 결심한 듯 뒤를 돌아보았고 B가 그를 향해 씩 웃었다. B는 가로등 불빛이 닿지 않는 어둑한 곳에 서 있었다. A로서는 실루엣으로 'B겠지' 추측할 뿐이었다. 그러나 악의로 가득 찬 미소의 기척만은 충분히 전해져왔다.

카메라를 특정 인물에게 고정하지 않고 A와 B 둘 모두의 생각과 감정, 눈에 비치는 광경을 묘사하는 방법입니다(전지적 시점, 전지적 작가 시점이라 불리기도 합니다). 이 경우 예문 끄트머리에 "주택가 한가운데에서 대치한 두 남자를 목격한 사람은 아무도 없었다"라는 한 문장을 덧붙여도 당연히 아무런 위화감이 들지 않습니다.

삼인칭 다중 시점의 난점은 'A는' 'B는' 등과 같이 주어가 많아지기 쉬워 세련되지 않은 듯 보일 위험이 있다는 것입니다. 또 최근작 중에는 삼인칭 단일 시점이 많기 때문에 삼인칭 다중 시점을 택했을 때 독자가 어색함을 느낄 위험도 있습니다.

요전(이라고 해도 다이쇼 시대나 쇼와 시대*지만)에 쓰인 소설을 보면 삼인칭 다중 시점이 꽤 많습니다. 끝에는 갑자기 작가가 등장해 "필자도 A의 기분을 아주 잘 알지만 그건 그렇다 치고, 지난번 긴자에 들렀을 때……" 하면서 이야기와 전혀 관계없는 얘기를 늘어놓는 등 자유분방하기 그지없습니다. 그래도 개인적으로는 이런 자유분방함을 좋아해서 가끔 삼인칭 다중 시점을 택하곤 합니다.

삼인칭 다중 시점의 이점은 역시 묘사 범위가 넓다는 점입니

---

* 다이쇼는 1912년~1926년, 쇼와는 1926년~1989년에 해당하는 일본의 연호이다.

다. 정말 마음대로라고 할 정도로 자유분방한데 카메라를 확 줌 아웃해서 묘사할 수도 있고, 여러 등장인물의 내면으로 쑥 파고 들 수도 있습니다. 삼인칭 다중 시점을 자유자재로 쓰는 법을 익혀 이런저런 훈련을 해보고 싶다고 혼자 조용히 생각하는 중입니다.

단일 시점인지 다중 시점인지와 관계없이 삼인칭시점이 가진 최대 난점은 결국 일인칭시점과 같습니다. '이 소설을 서술하는 건 누구인가?' '누구를 향해 말하는가?' 의문이 든다는 점입니다.

삼인칭소설은 A에게 고정한 카메라(단일 시점), 혹은 모든 것을 내려다보는 전지적 시점의 카메라(다중 시점)를 통해 서술됩니다. 그런데 이 카메라라는 건 대체 누구의 눈일까요? 등장인물의 수호천사? 신? 작가? 카메라는 대체 왜 이렇게 친절하게 독자를 향해(?) 이런저런 설명을 하고 묘사를 하면서 이야기를 풀어나가는 걸까요?

이 의문을 극복하는 방법은 세 가지입니다.

1. 의문 자체를 무시한다(소설의 기법인 것을 인정하고 너무 깊이 생각하지 않는다).

2. 카메라를 누가 갖고 있는지 특정 단계에서 밝힌다(A가 과거를 회상하며 썼다든지, 이 소설에서 서술자는 신이라든지).

3. 위의 두 가지 이외의 신기술을 발명한다. (이번에도 뾰족한 수가 떠오르지 않는 거 맞습니다!)

혹시 "으악!" 하고 소리 지르고 싶지 않으신가요? 괜찮으세요? 저는 이제 한계입니다. 으악!

인칭에 대해서는 이만해야겠어요.

첫 번째 입가심
주저리주저리 변명 늘어놓기

혼자만의 생각일지도 모르겠지만 여기까지는 비교적 착실하게 소설 쓰는 법을 전해드린 것 같습니다. 하지만 예상대로 이제부터는 점점 '사람마다 가지각색' 같은 이야기를 꺼내놓게 될 듯합니다. 사고를 멈추게 하는 편리한 표현이지요. 게다가 저는 지금 한 영화에 푹 빠져 점점 바보가 되어가고 있습니다. "오히려 당신이 인생에 대한 조언을 받는 게 낫겠는데?" 같은 말을 들을 법한 상황이니 부디 부르르 떨어주시기를.

하지만 깊이 실감한 것도 있습니다. 뭔가에 빠진다는 건 참 즐거운 일이에요!

소설을 쓰는 동안에는 아무래도 집에 틀어박히게 되니 기분 전환이 정말 중요합니다. 여러분도 너무 무리하지 마시고 적절히 쉬어가며 창작에 임해보세요. 그러다 보면 창작 의욕이 다시 불타오를 겁니다.

혹시 눈치채셨을까요? 지금 한 말이 밤낮으로 휴식만 취하는 저를 위한 변명이라는 것을요. 그래도 사실은 사실입니다. 스스로를 너무 몰아붙이지 마세요.

그리고 사람마다 가지각색이라는 말도 충분히 일리가 있습니다. 소설 쓸 때 지켜야 할 형식이나 규칙은 저마다의 방식을 따르면 됩니다. 단, 감성에만 의지해 앞뒤 생각 없이 써도 된다는 말은 아닙니다. 요령이나 논리는 절대적으로 존재하니까요. 그 균형에 대해 생각하며 계속 읽어주시면 감사하겠습니다.

한 행 띄기 편Ⅰ
쉬어가기는 적당히

하, 이제 할 수 있는 조언이 없다! 원체 논리적으로 생각하는 성격도 아닌 데다 쓰고 싶은 대로 휘갈기니 갈 길이 보일 리 있나. 그러면서 소설 쓸 때 신경 써야 할 점을 조언하다니, 주제를 몰라도 유분수지!

재료가 바닥날 위기에 처한 코스 요리(?) 다행히 담당 편집자님에게서 한 행 띄기와 관련해 유념하는 부분이 있느냐는 질문을 받았습니다.

한 행 띄기, 정말 중요합니다! 그렇지 않아도 투고작을 읽을 때마다 신경이 쓰인 부분이라 이번 접시에서는 한 행 띄기를 다뤄보려고 합니다.

요 몇 년 코발트 단편소설 신인상 최종 후보작 중, 한 행 띄기 위치나 방식이 좀 어색한 작품이 많았습니다. 여러분은 작품의 어떤 지점에서 한 행을 띄시나요?

소설, 넓게는 창작물 전반에는 여러 가지 약속이 존재합니다. 이야기 전개의 패턴이나, 완벽한 듯 보인 주인공에게 딱 하나 약점이 있다는 식의 인물 성격 설정 법칙은 극을 위한 약속이라 할 수 있습니다. 구체적인 예로, 도라에몽은 뭐든지 나오는 주머니를 가졌지만 쥐를 극도로 무서워합니다. 이런 약속이 유효하게 작동하면 이야기가 더 효과적으로 굴러갑니다.

하지만 약속은 이야기 전개나 등장인물의 성격 설정뿐 아니라 소설의 표기 면에도 분명히 존재합니다. 예를 들어 어떤 한 문장에 여운이나 함축을 담고자 한다면 "그랬던 건가⋯⋯"와 같이 표기합니다. "그랬던 건가..."라고 표기해도 어느 정도 전해지기는 하지만 마침표 세 개가 아니라 말줄임표를 찍는 것이 소설에서의 일반적인 표기 약속입니다.

물론 이런 건 아주 사소한 문제입니다. 일반적인 표기 약속에 따라 쓰는 게 좋다는 것으로 만약 그러지 못하더라도 교정지에서 고칠 수 있으니 괜찮습니다.

컴퓨터에서 말줄임표 넣는 법을 모르겠다 하는 분들은 마침표만 세 개 찍어도 괜찮습니다. 소설 쓰는 게 별로 익숙하지 않은 사람이라는 인상을 줄 수는 있지만, 그렇다고 신인상에서 떨어지는 경우는 없습니다.

　말줄임표보다 더 중요한 표기 약속은 한 행 띄기입니다. 한 행 띄기를 자유자재로, 동시에 효과적으로 사용했는지에 따라 소설의 완성도가 좌우되기 때문입니다.

　최근 투고작 중에는 한 행 띄기를 남용하는 경우가 더러 있었습니다. 인터넷을 통해 글을 읽고 쓸 기회가 늘어난 현상과 관계가 있을 것 같습니다.

　인터넷에 올라온 글의 경우 문장이 다닥다닥 붙어 있으면 읽기가 굉장히 어렵습니다. 그래서 한 행 띄기를 많이 하는 경향이 있는데요, 종이로 읽을 것을 상정한다면 꼭 필요한 경우에 한해 최소한으로 한 행 띄기를 하는 것이 좋습니다. 그래야 한 행 띄기의 효과가 커지거든요.

　한 행 띄기를 하는 경우는 이렇습니다.

　1. 화자(시점)가 바뀔 때.
　2. 장면이 전환될 때(한 행 띈 지점의 앞뒤에서 시간의 비약이 있을 때).

　절대적인 건 아닙니다. 화자가 바뀌어도, 시간이 흘러도 한 행 띄기를 하지 않기도 합니다. 독자를 혼란에 빠뜨리는 한편

이야기 속으로 더욱 깊숙이 빠져들게 하는 효과를 만들어낼 수 있거든요. 개인적으로는 한 행 띄기에 의존하지 않고도 누가 화자인지, 시간에 건너뜀이 있는지 없는지 충분히 전해지도록 문장을 쓰겠다는 마음가짐이 없으면 필력을 쌓을 수 없다고 생각하기도 합니다. 여기다 싶은 지점에서만 효과적으로 한 행 띄기를 해야 소설이 생생해지고, 독자가 이해하기 쉽게 내용도 정리됩니다.

작가의 한 행 띄기는 수영 선수의 호흡과 같습니다. 선수는 수영 중에 아무 때나 자주 호흡을 하지 않죠? 호흡의 빈도를 줄인 채로도 익숙하다는 듯 능숙하게 헤엄쳐야 효율적으로 경기에 임할 수 있다는 점을 알기 때문입니다.

문장 역시 상황은 같습니다. 한 행 띄기에 대한 의존도를 낮춰야 이해하기 쉬운 문장을 쓰기 위해 생각하며 쓰는 습관도 붙고, 필력도 쌓입니다. 만반의 준비를 하고 꼭 필요한 곳에서 한 행 띄기를 하면 효과는 배가될 것입니다. 그러니 한 행 띄기를 절제하면서 문장의 폐활량을 길러주세요.

다음 접시에서는 구체적인 예시를 통해 한 행 띄기를 살펴보겠습니다.

한 행 띄기 편 II
걱정은 적당히

일곱 번째 접시에서 이야기했듯 한 행 띄기는 화자가 바뀔 때, 장면이 전환될 때처럼 꼭 필요한 경우에만 최소한으로 하는 게 기본적인 약속입니다. 하지만 투고작 중에는 한 행이 아니라 두 행, 세 행을 띄거나 두 행 띄기와 세 행 띄기가 섞여 있는 경우도 있습니다. 두 행 띄기와 세 행 띄기를 함께 사용한 데에는 뭔가 의도가 있을 거라 생각하며 눈을 번쩍 뜨고 읽어보지만, 대개는 의도도 법칙도 발견하지 못합니다. 그때그때 느낌에 따라 한 걸까요? 개인적으로는 그런 자유분방함을 좋아하기도 합니다만 심사위원으로서는 아쉬움이 남는 것도 사실입니다.

일단 소설의 표기 약속을 따라서 의미 없는 두 행 띄기나, 두 행 띄기와 세 행 띄기의 병행은 자제합시다. 기본은 어디까지나

한 행 띄기입니다. 정교한 문장을 써내는 것뿐 아니라 행을 어디서 어떤 식으로 띄을지 만전을 기하고 주의를 기울이는 자세 역시 중요합니다.

물론 특별한 의도가 있고, 작품에 효과적이라고 판단한 경우라면 두 행 세 행 띄어도 괜찮습니다. 하지만 '세 행 정도면 여운이 확실하게 전해질 것 같기도 한데……'와 같은 두루뭉술한 마음으로 행 띄기에 의존해선 안 됩니다. 여운은 행 띄기가 아니라 문장을 통해 빚어지는 거니까요. 행 띄기로 토핑을 얹으려는 시도는 실패로 끝날 뿐 아니라 몸에도 해롭습니다(몸에 해롭다는 말은 비유 표현으로, 문장이 끝끝내 정교해지지 않는다는 뜻입니다). 진실을 알면서 눈을 감고, 행 띄기를 남용한다면 토핑 지옥에 빠질 위험성이 큽니다. 다 같이 조심합시다!

기본을 잘 지켜 한 행을 띄더라도 여기저기서 남용한다면 그 역시 무의미합니다. 한 행 띄기의 효과가 약해지거든요.

투고작에서 자주 보이는 한 행 띄기 남용 패턴은 다음과 같이 분류할 수 있습니다.

1. 규칙 없이 감각에만 의존해 끊임없이 한 행 띈다.

2. 돋보이게 하고 싶은 문장의 앞뒤에서 한 행 띈다.

3. 대화나 장면이 일단락될 때마다(화자에 변동이 없고, 시간이

많이 흐르지 않았음에도) 한 행 띈다.

　1은 '여기서 한 행 띄지 않으면 이해가 잘 안 되거나 읽기 어렵지 않을까?' 같은, 작가의 자신감 부족으로 인해 발생합니다 (한 행을 띄어 여운을 빚고 싶다고 생각하는 것 역시 문장에 자신이 없다는 증거입니다). 불안한 마음에 여기저기서 한 행을 띄는 것이죠.

　불안해할 필요 없습니다. 스스로의 문장에 좀 더 자신감을 가져주세요. 정열과 객관성을 갖고 쓰는 문장이라면 한 행 띄기를 남용하지 않아도 반드시 마음에 가닿을 겁니다.

　한 행 띄기가 너무 많으면 띈 부분에 대해 독자가 하나하나 생각하게 되어 도리어 이야기 흐름이 끊겨버리기도 합니다. 스스로의 문장과 독자의 독해력을 믿고, 한 행 띄기를 불필요하게 남용하지 않으면서 당당히 이어 써주세요.

　2의 경우는 인터넷을 통해 소설을 발표하는 사례가 많아지면서 늘어난 느낌입니다. 앞 접시에서 이야기했듯, 인터넷에 발표하는 소설이라면 행을 많이 띄는 쪽이 확실히 읽기 쉽습니다. 온라인용으로 행을 많이 띄는 건 매체에 맞춘 방법이라 생각되므로 단칼에 부정하기 어렵습니다. 그러나 행 띄기, 즉 호흡을 많이 하는 데 익숙해지면 문장으로 승부하는 소설의 근간이 약해지지 않을까 염려가 됩니다. 특히 장편의 경우 문장력과 묘사력, 구성력이 뒷받침되어야 하는데 이를 갈고닦을 수 없게 될까 싶어 걱정스럽습니다.

돋보이게 만들고 싶은 한 문장이 있는 경우라면 행갈이만으로 충분합니다. 아니, 행갈이도 필요 없을 만큼 번득이는 회심의 일문을 써내자고 마음을 다잡아봅시다. 사실 소설은 회심의 일문만으로 성립되지 않습니다. 문장의 치밀한 축적과 중첩, 논리적인 이야기 흐름이 있을 때 비로소 평범한 한 문장이 회심의 일문으로 변모하는 것이죠. 그 과정을 즐기는 게 소설을 읽고 쓰는 재미 중 하나가 아닐까 싶습니다.

때로 한 행 띄기는 이야기의 흐름을 자잘하게 쪼개버리기도 합니다. 강조하고 싶은 문장 앞뒤로 한 행을 띄는 바람에 회심의 일문이 이야기에서 뚝 떨어져 나와 무미건조한 표어가 되는 최악의 상황을 맞는 것이죠.

3은 문장에 대한 자신감 부족, 대화나 장면이 일단락되었음을 드러내고 싶은 마음 두 가지가 결합해 발생합니다. '문장만으로 대화나 장면이 일단락된 것이 독자에게 잘 전해질까?' 같은 불안이 '강조하기 위해 한 행 띄자!'라는 결심으로 이어지는 것입니다.

한 행 띄기 남발로 이어지는 데에는 이런 사고의 흐름이 있지 않을까 추측해보았는데요, 어떠실까요? 혹시 저의 추측이 맞는다면 이렇게 말씀드리고 싶습니다. "무슨 그런 걱정을!" 거듭 말하지만 스스로의 문장에 자신감을 가져주세요.

한 행 띄기의 필요와 효용을 고민하는 등 작품과 독자를 생각하면서 쓰는 자세는 대단히 중요하고 또 멋진 일입니다. 그렇지만 '명징함을 위한 해결책은 한 행 띄기다'라고 단정 짓는 건 명백한 오류라고 생각합니다.

근본적인 해결책은 오직 작품과 독자를 위하는 마음으로 문장을 정교하게 갈고닦는 것 말고는 없습니다. 그렇게 문장을 갈고닦으면 한 행 띄기가 꼭 필요한, 효과를 충실히 발휘할 부분이 자연스럽게 눈에 들어올 것입니다. 장편을 쓸 때도 호흡이 달리지 않는 문장력도 길러질 것이고요.

한 행 띄기는 시대의 흐름에 따라 잦아지는 듯 보입니다. 메이지* 문호들의 소설을 보면 한 행 띄기는 거의 없고, 행갈이도 현대 소설보다 훨씬 적습니다. 그런데도 문제없이 뜻이 전해지고 재미있습니다. 읽기 쉽고 의미를 잘 전달하는 소설을 만드는 데에 한 행 띄기가 필수 조건이 아니라는 사실을 알 수 있는 대

---

* 1867년~1912년에 해당하는 일본의 연호.

목입니다. 소설은 오직 문장으로 승부하는 것이라는 기본을 잊고, 행 띄기라는 토핑에 빠져선 안 된다고 저 역시 자주 다짐합니다.

비유 표현 편
상태가 이상한 건 정열 탓

저의 여름은 영화 〈하이앤로우〉 시리즈*에 헌납했습니다. 정확히는 가을의 분위기가 깊어지는 지금도 〈하이로〉(라고 약칭으로 말씀드리겠습니다) 생각만 하고 있어 덕분에 일이 전혀 손에 잡히지 않습니다. 고맙습니다, 고하쿠 씨!

"고하쿠 씨라니 그게 누군데?" 하는 분도 있을지 모르겠지만, 일단 제가 딱 행복한 정도로 바보가 됐다는 점이 전해진다면 그걸로 충분합니다. 〈하이로〉 꼭 봐주세요! 보면 고하쿠 씨를 비롯한 등장인물이 얼마나 멋진지 알게 될 겁니다!

〈하이로〉 시리즈는 만든 이의 정열이 고스란히 전해지는 걸

---

* 2015년 TV 드라마의 인기에 힘입어 2016년부터 영화 시리즈로 만들어진 액션물.

작이지만, 형식 파괴적인 부분도 꽤 있습니다. 어딘가에서 본 듯한 전개나 설정이 과도하게 들어가 지금까지 본 적 없는 혼돈이 펼쳐지는 부분을 예로 들 수 있습니다. 형식을 따르고는 있지만 형식과 형식 사이의 연결 고리가 제 기능을 못 하는 건지, 단순히 형식의 적재량이 초과된 건지(혼돈의 정도가 너무 심해서 아직 제대로 분석이 안 됩니다), 당혹스러운 전개가 펼쳐지거나 시간 순서가 꼬일 때가 있습니다. 등장인물의 언행을 제대로 소화하지 못할 때도 있고요. 그래서 몇 번을 봐도 '이 사람들 왜 이렇게 우르르 싸우는 거더라?' '그러니까 스모키는 아마미야 큰형의 행방을 몰랐던 거야?' '고하쿠 씨는 중요한 USB를 들고 해외(정확히 어디인지 모를)에서 뭘 했던 거래?' 같은 의문이 밑도 끝도 없이 솟아나곤 합니다.

하지만 그런 건 아무래도 좋습니다! 상식적인 극작 기술 면에서는 결코 간과할 수 없을 만큼 구멍과 모순이 가득할지 모르지만, 저는 '상식은 개뿔!' 하게 됩니다. 정열과 번득임이 흘러넘쳐 보는 이의 뇌와 심장에 직격타를 날리거든요. 브라보! '이러면 구성이 엉망이 되는데……' '지적당하지 않게 신중하게 복선을 깔아야 하는데……'와 같이 자잘한 부분에 허덕거리기 이전에 창작에는 정말 중요한 게 있다는 사실을 다시금 배웠습니다.

그런 맥락에서 지금까지 낸 접시에서 나름대로 이야기해본 소설 쓸 때의 약속이 죄다 소용없는 조언이면 어쩌나, 소설가를 꿈꾸는 분들을 귀찮게 한 건 아닐까 반성했습니다. 형식이니 뭐니 너무 강조해 외려 의욕을 꺾은 건 아닐까 하고요.

〈하이로〉를 '혼돈'이라는 단어로 표현하기는 했지만 액션이 됐든 시나리오가 됐든, 최고의 프로들이 기술과 지혜를 합쳐 혼돈 속 아슬아슬한 균형으로 제대로 된 작품을 완성한 것도 사실입니다. 만약 초보가 정열에만 의지해 〈하이로〉 같은 작품을 만들려고 한다면 눈 뜨고 보기 힘든 결과로 이어질 것입니다.

정열과 기술, 기교 사이에서 어떻게 균형을 잡아야 할지(작품이나 작가의 개성에 따라 어디에 방점을 두느냐가 달라지겠죠) 고민할 때도 〈하이로〉는 대단히 배울 점이 많은 작품입니다. 〈하이로〉의 스태프들은 형식을 속속들이 파악하는 능력과 그것을 표현하는 기술, 기교를 갖추고 있습니다. 프로 중의 프로지만 절대 하던 대로 대충대충 하지 않는, 헤아릴 수 없는 정열로 언제까지나 가슴을 활활 불태우는 이들이리라 추측해봅니다(너무 격렬하게 불태워서 군데군데 혼돈이 빚어지는 것이구나 싶고, 그게 또 좋습니다).

그렇게 생각하면 역시 우리가 소설을 쓸 때 후천적으로 학습해서 기를 수 있는 부분은 형식을 비롯한 기술, 기교가 아닐까 싶습니다. 정열(창작 동기나 작품에 임하는 자세)은 각자 유지하고 불태울 수밖에 없으니까요.

정열에 기대어 멋진 이야기나 등장인물, 설정을 떠올렸다고 해도 그것들이 작품이라는 열매로 맺어지기 위해서는 기술과 기교가 필요합니다. 열매를 제대로 맺지 못하면 마음 같지 않은 결과물에 스트레스만 받고, 정열이 사그라들고 맙니다. 정열을 유지하며 작품을 써나갈 때 균형을 찾는 길잡이 역할을 하는 건 기술과 기교입니다. 여기서 말하는 기술과 기교에는 문장의 솜씨뿐 아니라 이야기의 형식이나 약속도 포함됩니다.

매번 완전한 무無에서 발상을 떠올리면 언젠가 한계가 찾아올 겁니다. 자연히 사람들의 마음을 사로잡는 이야기를 써내기 어려울 거고요.

확실히 이해되지 않는 분도 있을 듯한데요, 이야기에는 패턴이 있습니다. 등장인물 배치 양상을 따라 다음 전개가 예측 가능해지기도 합니다('강가에서 치고받던 라이벌은 친구가 된다' '전장에서 가족 이야기를 한 사람은 죽는다' 등 떠오르는 게 있을 듯합니다). 이러한 패턴이 왜 존재하는지 생각해보고 자기 작품에 효과적으로 도입하면 (표현이 다소 거칠지만) 맨땅에서 오만 것을 생각해내야 하는 번거로움이 줄고 이야기도 더욱 생생하게 굴러갑니다. 왜냐하면 이야기의 패턴에는 인류가 오랜 세월 쌓아 올린 기분 좋은 감정의 움직임이나 이야기 구조가 응축되어 있기 때문입니다. 그러니 특히 대중소설에서는 꼭 써먹어야 합니다. 물론 아예 패턴에서 벗어난 방식을 도입하는 것도 효과적이겠지요.

패턴을 이용한 탓에 '너무 흔한 패턴이라 재미없네'와 같은 반응이 뒤따르지 않게 하려면 역시 정열과 기술, 기교가 필요합니다. 작가마다 정열의 크기, 체득하고 중시하는 기술 및 기교가 다르기 때문에 작품에는 각각의 감성과 윤리, 개성이 담기기 마련입니다.

이상 〈하이로〉 시리즈를 감상하며 한 생각입니다. 고맙습니다, 고하쿠 씨!

한편, 이번 접시에서 생각해보고 싶은 것은 단편소설의 도입 쓰기와 비유 표현입니다. 이는 정열과 기술, 기교 사이의 균형과 관련된 문제이므로 조금 더 이어가겠습니다. 편하게 들어주세요.

심사를 할 때면 가끔 대단히 중후하고, 동시에 비유가 풍부한 도입을 가진 작품을 접하게 됩니다. 그리고 작품 후반이 되어가면서 문장의 열량과 밀도가 옅어지는 경향도 보게 됩니다. 처음 쓰기 시작했을 때는 기력과 체력 모두 충분했겠지만, 점점 집중력이 떨어지고 마감이 다가오는 상황에서는 문장의 열량과 밀도를 계속 유지하기가 쉽지 않았겠죠. 단편소설의 도입 쓰기와 비유 표현은 저 역시 머리를 싸매는 문제이기에 "이 기분 알지! 너무 잘 알지!" 하면서 깊이 공감하게 됩니다.

저는 컨디션이 아주 좋을 때면 일상생활에서도 숨 쉬듯 비유 표현을 연발하는 모양입니다(본인은 자각 못 함). 주위로부터 "이제 그만 좀 하지"라는 말을 자주 듣거든요. 소설에도 비유가 꽤 많은 듯해(역시 본인은 자각 못 함), "별로 멋지지도 않고 이해도 안 되네" 같은 반응이 있지는 않을지 걱정이 이만저만이 아닙니다.

그래서 되도록 비유 표현을 자제하자고 마음먹고는 있지만 자각이 없는 것도 한몫해서 어쩔 수 없이 발산하고 맙니다. 그럴 수밖에요. 비유는 저의 정열 그 자체인 것을요! 정열을 이성으로 완전히 억제할 수 있다고 생각하시나요? 그게 무슨 정열이란 말인가요(적반하장)!

십오 년도 더 전에 쓴 《월어月魚》라는 소설이 있는데요, 기회가 된다면 도입부를 읽어봐주세요(작은 목소리 광고). 저도 지금 혹시나 하는 마음으로 십 년 만에 처음으로 도입부를 읽어봤는데, 얼굴에서 불을 뿜고 말았습니다. 세 번째 줄쯤에서 벌써 비유가 작렬하거든요. 그리고 여섯 번째 줄에 또 "이것 좀 보세요!" 하는 식의 비유가 나오고, 일곱 번째 줄 역시 비유로 화답합니다. "놀 준비 됐나?" "예이!"*(이것도 일종의 비유인가? 나란 작가, 병이 참 깊다……) 같은 느낌으로요.

아니, 그래도 열심히 하고 있다, 당시의 나여. 너의 열심을 누구도 칭찬해주지 않을 테니 적어도 나만은 널 끌어안겠다!

그런데 말입니다, 쓸 때의 정열이 사라진 뒤 시간을 두고 냉정해진 눈으로 바라보니 역시 살짝 도가 지나쳤나 싶습니다.

비유란 곧 에두르는 표현입니다. 시적 정취가 깃들고, 이미지의 범위가 넓어지고, 묘사에 중층적인 성격이 생기는 바람직한 효과도 크지만 연발하면 당연히 효과가 옅어집니다.

소설의 도입(특히 단편의 경우)은 독자가 자연스럽게 작품 세계로 들어오게 하는 것이 핵심이므로, 저처럼 "이것 좀 보세요!" 하면서 비유를 연발하는 것은 피하는 게 좋습니다(과거의 나여, 듣고 있나). 물론 기본적으로 그렇다는 말이지 작품의 도입으로 효과적인 비유가 생각났다면 당연히 사용하는 게 좋습니다.

그러면 왜 저는 도입부터 비유를 연발하고 말았을까요. 답은 하나, 정열을 가라앉히지 못했기 때문입니다. 짧게 말하면 의욕 탓이죠.

소설의 도입은 아무래도 묵직해지는 경향이 있습니다. 쓰는

---

* 일본에서 무대 위 로커가 관객의 흥을 돋우기 위해 외치는 표현과 관객의 화답.

데 익숙하지 않을 때는 특히 그렇죠. 머릿속에서 휘몰아치는 이야기, 등장인물, 아이디어를 드디어 문장으로 써나간다는 생각에 설레는 한편 잘 쓸 수 있을지 불안하고, 빨리 문장으로 옮기지 않으면 애써 떠올린 아이디어가 도망칠 것 같아 초조하고, 무엇보다 두근거림이 진정되질 않습니다. 그리고 도입에는 필연적으로 묘사를 통해 자연스럽게 설명해야 하는 설정이 다수 존재합니다.

결과적으로 도입은 아무리 해도 중후하달까, 밀도가 과하게 높아지기 쉽습니다. 소설의 도입은 절대적으로 그런 경향이 있다고 독자로서도 작가로서도 경험치로 단언할 수 있습니다.

휘몰아치는 정열이 농축되어 발생하는 도입의 무게(저 같은 작가의 경우 여기에 비유 연발도 추가)는 저를 감싸려는 게 아니라, 바람직합니다. 정열은 없는 것보다 있는 게 확실히 좋으니까요. 다만 도입 중후파의 경우, 정열 배분 오류로 도입에서 정열을 다 써버려 후반으로 가면서 숨이 달리는 덫에 빠지기 쉬우니 주의해야 합니다.

정열을 올바로 배분하기 위해서는 경험과 기술, 기교가 필요합니다. 이렇게 말하는 저 역시 아직 미숙하지만 어쩔 수 없는 일입니다. 이 책을 읽는 분들은 부디 정열을 이성으로 완전히 (또 비유 표현이 나오려 한다, 이하 생략)!

뜬구름 같은 조언이긴 하지만, 뭐니 뭐니 해도 비결은 어깨에서 힘을 빼는 것입니다. 도입에는 어떤 식으로든 기합이 들어가기 마련이니 '슬슬 전술'로 가도 괜찮습니다. 단, 펀치는 날카로워야 합니다. 느긋한 기분으로 시작하되 틈을 봐서 날카롭게 펀치를 날리는 것이 슬슬 전술입니다.

펀치란 단적으로 말하면 소설의 첫 문장입니다. 단편은 특히 첫 문장이 중요한데요, 작품에 자연스럽게 녹아 있는 동시에 독자가 '뭐야? 무슨 일이 벌어지는(벌어진) 거야?' 궁금하게 한다면 이미 이긴 거나 마찬가지입니다. 무엇을 이겼느냐 하면, 주체할 수 없는 정열입니다. 이제 내면의 정열과 사이좋게 지내면서 자기 속도대로 마지막까지 써나가면 됩니다.

그런 대단한 첫 문장은 어떻게 생각해내는가? 저도 모릅니다! 알았다면 일찌감치 걸작 단편을 써냈겠지요!

정열과 기술, 기교 사이에서 균형을 잡는 방법에는 정답이 없습니다만 추구할 가치가 있다고 생각합니다. 언젠가 만족스러운 소설을 쓰는 날이 올지 모른다는 희망과 기대를 잃지 말고, 다 같이 시행착오를 겪어나갑시다!

시제 편

시간의 마법을 걸어서

앞 접시에서는 이성을 상실해 실례가 많았습니다. 간이 센 요리를 내드렸지요. 하지만 제 이성은 여전히 가출 중입니다.

영화 〈하이앤로우 더 무비 3 파이널 미션〉 보셨나요? 설마 이 영화를 아직 안 본 분은 없겠지요?

아, 아직 안 보셨다고요. 그래요, 모든 사람이 본 영화 같은 건 존재하지 않죠. 사람들은 저마다 취향도, 흥미를 품는 방향성도 다릅니다. 그래서 저는 영화를 비롯한 창작물, 나아가 인간 그 자체를 좋아합니다. 똑같은 건 재미없으니까요.

뭐, 그런 연유로(무슨 연유?) 안 봤다고 하는 분들이 있음에도 개인의 욕망에 충실해 〈하이로3〉 이야기를 해보려 합니다. 〈하이로3〉, 여러 가지로 최고였습니다. 새삼 이 시리즈가 너무너무 좋다는 생각이 들 정도였어요!

저는 전작 〈하이앤로우 더 무비 2 엔드 오브 스카이〉를 본 직후부터 〈하이로3〉이 어떻게 전개될지 나름대로 이런저런 추리를 했는데요, 그러던 중 〈하이로3〉의 줄거리와 예고편이 공개됐습니다. 파탄 정도가 최고치를 찍는 면면에 시리즈 팬인 친구들과 흥분의 도가니에 빠졌던 게 새록새록 떠오릅니다.

줄거리와 예고편은 〈하이로〉 공식 홈페이지에 올라와 있으니 기회가 된다면 살펴봐주세요.

3부작 영화의 마지막 시리즈에 이르러 '(정부의) 은폐를 폭로하기 위한 세 가지 증거 찾기'라는, 난생처음 듣는 임무를 부여받는 등장인물이라니 이 무슨 대담한 구성인가! 두 시간 조금 넘는 분량에 다 담아낼 수 있을 것인가? 게다가 '정부의 무명가無名街 폭파 세리머니'라는, 뇌가 도무지 이해하길 거부하는 핵심 문구까지! 대체 뭐하는 정부이기에 이런 일이 벌어진단 말인가? 참고로 무명가는 평범한 상점가 바로 옆에 존재하는 슬럼가입니다. 중요한 건 〈하이로〉 시리즈가 판타지 작품이 아니라는 점입니다. 무대는 안토니오 이노키* 씨도, 비트 다케시** 씨도 존재하는 현대 일본!

---

* 　일본의 프로레슬러, 기업인.
** 　영화감독, 배우, 코미디언인 기타노 다케시의 예명.

〈하이로2〉까지의 이야기와 공개된 〈하이로3〉 줄거리와 예고편을 토대로 다음과 같이 예상해봤습니다.

우선 〈하이로2〉에서 저격당한, 아마미야 삼형제 중 막내의 생사 여부. 아마미야 형제의 이야기를 고려할 때 누구 하나가 일찍 죽는 건 너무 불쌍한 일이야. 이런 경우는 대부분 가슴께에 달린 주머니에 딱딱한 게 들어 있거나 해서 죽음을 면하잖아. 예를 들면 성서라든지……. 그런데 성서가 주머니에 들어가는지에 관한 의문은 무시한다고 쳐도 결코 무시할 수 없는 문제가 있다. 아마미야 형제가 성서를 버리고 온 걸로 추측된다는 것(등장인물별 주제곡을 반복 재생해 들어보면 알게 됨*).

그렇다면 총탄은 뭘로 막으면 좋을까. 그래! 전에 죽은 아마미야네 첫째는 초승달 모양의 목걸이를 하고 있었다. 막내가 그 목걸이를 형의 유품 삼아 주머니에 넣어두었다는 설정은 어떨까. 펜던트에는 치즈처럼 구멍이 많이 뚫려 있었고, 막내가 입고 있던 가죽 재킷에는 주머니가 없었던 것 같지만…… 아무튼 형의 유품인 목걸이가 총탄을 튕겨내 막내가 가까스로 목숨을 건지는 거다!

한편 그 무렵, 구류그룹(야쿠자 조직)에 붙잡힌 코브라(등장

* 아마미야 형제의 주제곡인 〈SIN〉의 가사에 성서 관련 표현이 나온다

인물 이름)는 콘크리트를 강제로 먹게 된다(예고편 참고). 코브라라면 콘크리트 정도는 아마 괜찮을 거야. 외모와 달리 위장이 튼튼할 게 분명해.

그렇지만 산 사람이 콘크리트를 먹고 정말 괜찮을지 불안이 해소되지 않는 관객도 있을 테니 보험을 하나 더 들어두자.

같은 시각, 고하쿠 씨와 쓰쿠모 씨(둘 다 등장인물 이름)는 구류그룹을 치기로 하고 열심히 일본식 주먹밥을 만들고 있다.

"배고프면 못 싸운다고 하잖아."

"대체 얼마나 만드는 거야, 고하쿠 씨. 나 팔 저리는데."

두 사람의 악력은 합쳐서 800킬로그램 정도 되기 때문에 일본식 주먹밥은 그야말로 벽돌 같았다. 그런 일본식 주먹밥 550개를 지고 구류그룹으로 돌격하는 고하쿠 씨와 쓰쿠모 씨. 코브라를 발견하고 콘크리트 입가심으로 주먹밥을 건넨다. 콘크리트와 주먹밥이 코브라의 체내에서 적절하게 작용해 배 속이 산뜻해진다.

좋아, 이걸로 코브라 콘크리트 문제는 무사히 해결됐다. 컨디션 최고인 코브라와 고하쿠 씨, 쓰쿠모 씨의 대활약으로 파멸하는 구류그룹.

자, 정부의 무명가 폭파 세리머니는 어찌 처리할까. 이 부분은 내 수준의 발상으로는 설명이 안 되는데…….

였다, 폭파의 충격으로 SWORD지구(주요 등장인물이 사는 지역 이름)가 섬이 되어버리는 건 어떠려나. 그리고 망망대해로 천천히 길을 떠나는 것이다. 에밀 쿠스트리차 감독의 영화 〈언더그라운드〉의 마지막 장면처럼, 아니면 후다라쿠토카이*처럼. 등장인물을 태우고, SWORD섬은 저녁 해 너머로 사라져간다.

'좋아, 이것밖에 없다! 아름다운 결말이다!' 생각했지만, 실제로 〈하이로3〉은 당연히 제 예상과 전혀 다른 내용이었습니다. 예상을 가볍게 뛰어넘는 엄청난 전개였죠! 개인적으로 계속 궁금해한 수수께끼(공백 지대는 대체 뭐야? 왕궁이야?)도 풀렸고요. 무척이나 마음에 드는 대단원이었습니다.

〈하이로3〉을 보고 통감한 점은 저널리즘의 중요성입니다. '작중 언론인은 계속 자거나 다 죽은 건가? 도대체 뭐가 어떻게 돌아가는 거야, 하이로 세계!' 의아하긴 했지만 현실 사회에 울리는 경종이라고 생각할 수도 있습니다. "권력에 빌붙는 언론인은 언론인이라고 할 수 없다고!" 고하쿠 씨라면 의분에 떨며 이렇게 말할 것 같네요. 권력에 밀착하거나 포섭되지 않고 정당한 저널리즘을 유지할 수 있는가, 우리 시민이 이를 요구하고 응원할 수 있는가, 이 부분이 정말 중요하구나 다시금 생각했습니다.

---

*   관음보살의 거처라고 전해지는 '후다라쿠'를 찾아 배를 타고 먼바다로 떠나는 수행.

하지만 〈하이로3〉에 지적하고 싶은 부분도 있습니다. 그게 바로 '하이로이즘'이고(그런가?) 〈하이로〉의 사랑스러운 부분이지만, 시간 흐름이 마음에 걸렸습니다. 정확히는 작중 시간 경과에 의문이 들었습니다.

전부터 품고 있던 의문이 〈하이로3〉에서 마침내 터져 나온 것인데(이하 약간의 스포일러가 포함되어 있으니 주의), 정부가 은폐한 '그 일'은 도대체 언제 일어난 것인가? 관계자가 아직 살아 있는 것을 감안할 때 기껏해야 오십 년 전? 줄곧 근처에 살아온 사람도 있을 텐데 왜 '그 일'에 대한 얘기가 전혀 전해지지 않은 거지? 취재해보려고 한 언론인이 한 명도 없었나? 정말 이상하다(뭐, 작중 언론인은 전부 자거나 죽었겠지만).

그 밖에도 〈하이로〉 시리즈에는 시간 감각이 저와 다른 부분이 다수입니다. MUGEN(고하쿠 씨가 창설 멤버인 바이크팀)이 해산한 지 일 년 정도밖에 안 지난 거야? 그 뒤로 그 짧은 시간 동안 다섯 개 팀이 각자 세력을 키워 SWORD지구가 만들어지고, 일 년 동안 이런저런 싸움과 소동이 일어나 지금 이런 상황이란 건가? 작중 시간이 너무 빠르고 밀도 높은 거 아닌가?

물론 시간에 대한 감각은 사람마다 다릅니다. 수많은 일이 적의 화살처럼 빗발치는, 시간이 쏜살같이 느껴질 때도 있죠. 저처럼 빈둥거리며 일상을 보내는 인간과 〈하이로〉의 등장인물처럼 싸우고 싸우다 끝내 정부의 음모와 대치하는 이들의 시간은 다르게 느껴지는 게 당연합니다. 사용하는 달력 자체가 현실과 달라 〈하이로〉 세계의 일 년은 천팔백 일쯤 된다는 가능성도 생각해볼 수 있고요.

그러니까 시간 흐름이 조금 이상하게 느껴지는 건 그리 대수롭지 않습니다. 특히 영화는 성큼성큼 앞으로 진행되는 게 특징이니까요. 요즘이야 일시 정지나 되감기(라고 지금은 말 안 하려나요?)를 하며 볼 수 있다지만, 기본적으로 영화는 액션을 멈추지 않고 결말까지 내달리는 구조입니다(여기서 말하는 액션이란 이야기의 전개나 등장인물의 언행, 감정의 움직임을 말합니다). 〈하이로〉 시리즈의 시간 흐름도 차분하게 생각하면 이해가 안 될 수도 있는 정도이지, 보는 중에는 별로 신경 쓰이지 않습니다.

연극도 기본적으로는 같은 상황입니다. 연극은 영화보다 일회성이 훨씬 높아 애초에 되감기라는 전제도 없습니다. 일례로 셰익스피어의 《로미오와 줄리엣》도 시간적인 면에서 이상한 점이 많다고(주요 사건이 단 하루에 꽉꽉 들어차 있다는 등) 지적받아왔지만, 연극을 보면서 그런 것을 하나하나 따지는 사람은 없을 겁니다. 작품이 등장인물의 감정선을 용의주도하게 계산해, 사랑에 빠진 두 사람에 몰입할 수 있게 만들었기 때문입니다. 연극 속 이야기가 되돌아가거나 멈추지 않고 앞으로 나아가는 구조인 점도 한몫할 테고요. 연극은 '어? 뭐가 이상한데' 하고 생각할 틈을 주지 않고 종막까지 폭주하니까요.

반대로 소설은 어떤가 하면, 영화나 연극에 비해 시간 감각이 중요하다는 느낌입니다. 왜냐하면 소설에서는 돌아가기와 멈춤이 꽤 빈번하게 일어나기 때문입니다. 여기서 말하는 돌아가기나 멈춤은 회상이나 등장인물의 내적 독백입니다.

소설에서는 사소한 계기로 회상 장면이 반복해 끼어들어도, 열다섯 쪽에 걸쳐 주인공이 속으로 이런저런 생각을 해도(그러는 동안 작중 시간은 일 초밖에 지나지 않는다고 해도), 특별히 위화감이 들지 않습니다. 소설에서 시간은 꼭 앞으로만 나아가지 않으며, 소설의 표현은 현실과는 완전히 다른 시간 감각에 지배받습니다. 그렇기 때문에 시간에 관한 표현이 조금만 어색해도 독자는 '응? 뭔가 이상한데?' 하고 퍼뜩 정신을 차려버립니다. 소설 세계를 지탱하던 시간의 마법이 풀리는 거죠. 뒤로 돌연 돌아가거나 멈춰 서는 소설 특유의 시간 흐름 방식에 독자가 바로 '이상한데?' 하고 물음을 던지는 것입니다.

구체적인 예를 제시하지 않으면 뜻이 잘 전해지지 않을 것 같은데요, 일인칭시점에서 현재의 '나'가 삼십 년 전 과거에 관해 이야기하는 소설이 있다고 해봅시다.

"알겠어. 그럼 내가 폭탄 만드는 법 검색해둘게!"

오타가 말했다.

"그래, 부탁해. 난 폭죽 제작소에 몰래 들어가서 화약을 챙겨 올게."

나는 그럴듯한 표정으로 주억거렸고, 손을 흔들며 오타와 헤어졌다.

그때 나는 완전히 어떻게 됐었던 것 같다. 이제 와 후회해봐야 소용없지만, 그게 오타와의 마지막이 될 거라고는 전혀 생각지 못했다.

문단 사이에 한 행 띄어 있는 것이 핵심입니다. 제 시간 감각 대로라면 이 경우 '이때'가 아니라 '그때'라고 하는 쪽이 확실히 다가옵니다. 한 행 띄기로 한 호흡 쉬고, 오타와의 회상 장면에서 삼십 년 후인 현재의 '나'로 시간이 돌아왔기 때문입니다. 삼십 년이라는 시간이 지난 뒤 '나'가 과거를 이야기한다는 점을 드러내기 위해서는 '이때'보다 '그때'가 적절합니다.

혹시 한 행 띄기 없이 '나'의 의식이 아직 삼십 년 전 회상 장면에 있는 경우라면 아래와 같이 쓸 수 있습니다.

나는 그럴듯한 표정으로 주억거렸고, 오타와 손을 흔들며 헤어졌다.

이때 나는 완전히 어떻게 됐었던 것 같다. 그게 오타와의 마지막이 될 거라고는 전혀 생각지 못했다.

시점이 되는 인칭이나 화자가 언제, 어느 정도 전의 일을 이야기하는지 나타내기 위해서는 '이때'나 '그때'와 같은 표현부터 주의 깊게 써야 합니다. 사소한 부분이지만 이에 따라 시간의 마법이 갖는 효과가 확연히 달라집니다.

한 가지 예를 더 들어보겠습니다.

오타는 다음 날 성묘 때문에 밤에 일찍 자기로 했다.

삼인칭 단일 시점인 경우입니다. 취향 문제이기도 하지만 저는 이런 문장을 쓸 때 '내일 성묘 때문에'라고는 절대 쓰지 않습니다. 오타 시점의 삼인칭(일인칭에 가까운)이라고는 하지만, 삼인칭이라면 어느 정도 멀찍이 떨어져서 객관적으로 바탕글을 써야 한다고 생각하기 때문입니다. '내일'이라고 하면 오타의 주관에 너무 바짝 다가선 느낌이 듭니다.

또 하나, 오타의 현재 시점은 성묘 가기 전날 밤, 즉 '오늘 밤'

입니다. 바탕글에 '내일'이라는 주관적인 시간 감각이 들어와버리면 독자가 '내일 일찍 잔다는 건가?' 하고 혼란스러워할 수도 있습니다.

참고로 오타 일인칭이라면 아래와 같이 쓸 것입니다.

나는 내일 성묘 때문에 밤에 일찍 자기로 했다.

정말 미묘한 차이인 데다 각자 시간 감각도 다르니 절대적인 법칙이나 정답은 없습니다. 다만 시간에 관한 표현을 선택할 때 이를 의식하고, 주의를 기울이는 자세가 소설 쓰기의 핵심이 아닐까 싶습니다.

대사 편 I
귀를 쫑긋 기울인 옆집 아주머니처럼

지금까지 퇴고, 매수 감각, 구성, 인칭, 한 행 띄기, 비유 표현 (주로 〈하이로〉 이야기), 소설 속 시간 감각(주로 〈하이로〉 이야기)에 대해 생각해보았습니다. 그 밖에도 소설을 쓸 때 중요한 것이 많이 있는데요, 아무튼 저란 사람은 논리적으로 뭔가 생각하려 하면 "더는 무리야!" 하게 되는지라 생각이 잘 안 납니다.

대사나 묘사도 그렇습니다. 대사와 묘사는 등장인물의 성격이나 작품 톤에 따라 정해지는 면이 많기 때문에 어떻게 하는 게 좋다고 일률적으로 말할 수 없습니다. 무엇보다 작가 개인의 감성이나 취향, 리듬을 따르는 부분이 크니까요. "이렇게 해보면 어때?" 제안을 받아도 좀처럼 반영하거나 수정하기 어렵습니다.

그런 맥락에서 대사나 묘사에 관해서는 스스로 약점을 깨닫고, 해결하기 위해 궁리를 거듭하는 수밖에 없다고 생각합니다만 저의 경우를 예로 들어 적어보겠습니다. 조금이라도 참고가 된다면 기쁘겠습니다.

소설을 쓰기 시작했을 때 저는 제가 쓰는 등장인물의 대사가 너무 어색하달지, 과장된 연기처럼 느껴졌습니다. 물론 창작물은 허구의 세계를 바탕으로 하는 만큼 현실에서는 안 할 법한 대사가 있어도 괜찮습니다("너를 사랑해!" 같은). 오히려 그런 대사가 있기에 이야기가 고조되어 독자의 가슴을 설레게 하는 거 아니겠습니까, 여러분! 어쩐지 연설조가 되어버렸는데, 아무튼 당시 제가 쓰는 대사는 그런 수준이 아니었습니다. 어색하기가 이루 말할 데 없어 반드시 대책이 필요한 수준이었지요.

그래서 제가 실천에 옮긴 것은 함께 전철을 탄 이들의 대화에 귀 기울여보기였습니다. 그전에도 승객들의 대화를 엿듣는 걸 아주 좋아하긴 했지만, 훨씬 본격적으로 귀를 기울였습니다. 당나귀 귀처럼 커진 제 귀 때문에 만원 전철이 한층 더 답답해졌다고요? 그렇다면 사과드립니다!

그 결과 알게 된 것은 두 가지였습니다.

1. 소위 '남성어' '여성어'는 현대의 구어 표현에서는 별로 사용되지 않는다(성별이나 세대에 따른 명확한 차이는 없는 반면, 상대와의 관계에 따라 높임말은 꽤 사용한다).

2. 현실의 대화는 상당수 여기저기로 화제가 튀거나, 중요한 부분까지 다다르지 않고 적당히 끝나버리는 등 결코 논리 정연하지 않다.

이어서 대사 어미 처리에 주의를 기울였습니다. 등장인물 성별에 따라 특정 어미를 다수 사용하는 것은 구식으로 느껴질 수도 있고, 어색함을 자아낼 수 있기 때문에 되도록 피하는 게 좋다는 깨달음을 얻었습니다.

다음으로 고민한 것은 현실의 대화는 결코 논리 정연하지 않다는 점을 소설에 반영하는 방식이었습니다. 이 부분은 좀처럼 조절하기가 쉽지 않습니다. 현실을 너무 모방한 나머지 쓸데없이 주고받는 대사를 줄줄 이어가다가는 '이야기에 진전이 전혀 없잖아!' 하고 독자의 짜증을 유발할 위험이 있기 때문입니다. 하지만 그렇다고 대사에만 의지해 이야기를 진행해나갈 수도 없는 노릇입니다. 대사로 이야기를 죄다 설명한다면 또다시 독자의 짜증을 유발할 수 있으니까요. 최선의 방법은 쓸데없는(언뜻 그렇게 느껴지는) 대사를 주고받으면서도 대화를 통해, 또는 대화를 하는 중에 명확하게 이야기를 전개해나가는 것이었습니다.

소설에서의 대화는 현실의 대화보다 훨씬 더 정돈되어 나타나야 합니다. 안 그랬다간 독자가 듣고 있자니 시간만 아까운 대화투성이라고 느낄 수 있기 때문입니다. 하지만 설명이나 밑 작업을 위한 무미건조하고 사무적인 대화가 되어서도 안 됩니다. 주고받는 대사가 수행하는 가장 중요한 역할은 등장인물이 느끼는 바나 생각, 나아가 인격 자체를 자연스럽게 독자에게 전하는 것입니다.

뮤지컬을 보다 보면 이야기 중간에 배우가 갑자기 노래를 부르기 시작해 깜짝 놀랄 때가 있습니다. 대화를 나누던 상대가 갑자기 노래로 화답해오는 상황은 현실에서는 일어나지 않을 상황이죠. 하지만 현실과는 달라도 때로 노래로 대화를 이어가는 것이 뮤지컬에서의 약속입니다. 뛰어난 뮤지컬은 노래로 이야기를 전개해나가고, 노래를 통해 등장인물의 생각과 감정을 잘 전달합니다. 소설의 대사도 뮤지컬의 노래 같은 게 아닐까 싶습니다.

현실의 대화를 자세히 관찰(청찰)해 문장 표현으로 적어 내려가기. 대사를 쓰는 데에는 귀의 감도도 필요하구나 실감합니다. 참고로 저는 극심한 음치인데요, 청찰과 문장화에 힘쓰는 동안

귀의 감도가 좋아진 듯합니다. 대사와 음악은 다르니 음치인 분들도 절망하지 마시기를!

다음으로 묘사에 대해 말하자면 이때도 관찰이 중요합니다. 주의 깊게 자타를 관찰하고 눈에 들어오는 것, 느껴지는 감정을 머릿속에서 언어화하도록 노력하는 겁니다. 언어화란 기억과 밀접한 관련이 있습니다. 정경情景과 감정에 대한 기억은 언어화를 통해 쌓이기 때문에 소설을 쓰는 도중 필요할 때마다 '그때 그 정경과 그때 그 감정'을 구체적으로 꺼내볼 수 있습니다. 이를 문장으로 적어 내려가는 것이 곧 묘사입니다.

화가는 눈에 들어온 것과 마음속 생각을 정확하게 그림으로 그릴 수 있습니다. 눈과 손이 연결되어 있다고 할까요. 정보를 그림으로 출력하는 능력이 날 때부터 출중했겠지만 가진 능력을 키우기 위해 수없이 많은 데생을 거듭했을 것입니다.

소설도 마찬가지입니다. 눈에 들어온 것과 느낀 감정을 머릿속으로 언어화하는 습관은 데생 능력을 키우기 위한 훈련이라고 할 수 있습니다. 이런 과정을 반복하면 소설을 쓸 때 정경이나 생각, 감정을 문장으로 표현하기가 수월해집니다.

단, 언어란 마물과 같기 때문에 온갖 정경과 감정을 그때그때 머릿속에서 언어화하다가는 대단히 피로해질 것입니다. "으악!" 하고 비명을 지르고 싶어질 테니 무리하지 말아주세요.

철들 무렵부터 지금까지, 저는 깨어 있는 동안에는 끊임없이 혼자 떠들어대고 있습니다(물론 마음속으로요). 그래서 잠을 잘 자는 거겠거니 진지하게 생각하는데, 잠에 들면서 머릿속 언어화 작업을 강제 종료하는 것 같습니다. 저처럼 늘 마음속으로 떠들어대는 분은 간을 쉬게 하는 '휴간일'이 아니라 '휴뇌일'을 설정해 멍하게 하루를 보내보세요.

이 접시의 도입부에서 대사나 묘사는 개인의 감성이나 취향을 따르는 부분이 크다고 썼는데요, 그래도 훈련을 통해 다듬을 수 있는 부분도 꽤 많습니다. 우선 다른 사람이나 자기 자신에게 흥미를 가지는 게 중요합니다. '뭐야? 무슨 일이야?' 하고 호기심 가득하게 자타를 관찰하고 결과를 떠들어대는 것. 다시 말해 소설이란 옆집 아주머니의 자세로 만들어지는 게 아닐까 생각해봅니다.

옆집 아주머니의 자세로 하루하루 즐겁게 관찰하고, 소설에 활용해보세요.

대사 편 II
다양한 전술 모둠

올해도 또 벚꽃 놀이를 못 했는데 벌써 벚꽃이 떨어져갑니다. 노란 꽃가루의 습격에서 몸을 피하겠다고 일 핑계를 대며 집에 틀어박혀 있던 게 문제인데, 정신을 차리고 보니 일주일 동안 거의 아무하고도 말을 안 한 게 아니겠습니까?

'이대로라면 대화의 기술을 잊어버리는 게 아닐까? 원래 대화 상대가 별로 없는 편이니 기술을 잊어버리는 건 그렇다 치고, 소설의 대화문마저 못 쓰게 되는 건 아닐까? 그렇게 되면 밥줄이 끊기는데!' 곤란한 생각이 든 김에 이번 접시에서는 대화 처리에 대해 이야기해보려 합니다.

앞의 접시에서 최근 투고작 경향으로 한 행 띄기의 빈번한 사용을 언급했는데요, 한 가지 더 눈에 띄는 경향은 누구의 대사인지 알기 어려운 대화문입니다.

어떻게 하면 대사의 주인이 등장인물 A인지 B인지 확실히 할 수 있을까요? 가장 간단한 해결책은 '하고 ○○가 말했다 전술'입니다.

"좋은 아침. 아침 먹을래?" 하고 A가 말했다.

"됐어, 숙취 때문에 그럴 상황 아니야" 하고 B가 말했다.

너무 단순하다고 생각하겠지만 '하고 ○○가 말했다 전술'은 진짜로 도움됩니다! 이걸 전술이라고 하다니, 너무하다 싶다면 문장에 약간 변화를 주면 됩니다.

"좋은 아침. 아침 먹을래?" 하고 A가 말했다.

"됐어, 숙취 때문에 그럴 상황 아니야" 하고, B가 자고 일어나 까치집이 된 머리를 정돈하며 대답했다.

'하고 ○○가 말했다 전술'에 대해서는 후지사와 슈헤이*의 소설이 대단히 세련되게 구사한다고 생각합니다. 후지사와의

---

* 《암살의 연륜眠殺の年輪》(1973)으로 나오키상을 수상한 시대소설 작가.

대사 처리는 전통적인 방식으로 이루어집니다. 인용이 저어되어 아래 제가 날조한 문장을 후지사와 슈헤이의 대사 처리 방식에 맞춰 써보겠습니다.

"좋은 아침. 아침 먹을래?"
 A가 프라이팬에 달걀을 깨 넣으며 물었다. 투명한 흰자 부분이 가장자리부터 바지직거리며 뿌옇게 변해갔다.
 B는 A의 뒤에서 그 모습을 멍하니 바라봤다.
"됐어."
"왜?" 하고 A가 물었다.
"숙취 때문에 그럴 상황 아니야."
 B는 자고 일어나 까치집이 된 머리를 정돈했다.

급히 만든 문장이라 충분한 예가 되지 않는 느낌이네요. 요컨대 후지사와 슈헤이의 대사 처리는 기본적으로 대사 다음 줄에 바탕글이나 묘사가 오고, 특정 부분에서 '하고 ○○가 말했다 전술'이 나타납니다. 이렇게 하면 문장에 악센트가 생기고, 대사의 발화자가 선명해집니다. 읽기 좋고 알기 쉬운 동시에 흐름도 안정적이고요. 저 따위가 할 말은 아니지만 "진짜 최고라니까, 슈헤이!" 하고 감동하게 됩니다(작품의 내용이나 문장의 맛이 일품인 것은 물론 말할 것도 없고요).

그 밖에 '다카라즈카* 전술'이 있습니다. 다카라즈카 공연의
경우 대사에 상대의 이름이 자주 등장합니다.

"기다려, 앙드레!"
"왜 그래, 오스칼?"

이런 느낌으로요(위의 대사도 제가 날조한 것입니다). 번역서에
서 자주 보는 수법인데 확실히 효율적입니다. 이름을 부름으로
써 처음 대사의 발화자가 오스칼, 두 번째 대사의 발화자가 앙
드레인 것을 바로 알 수 있습니다. 역시 너무 단순하다고 생각
할 수 있지만 확실히 도움되는 방법입니다.

이제 와 드리는 말씀이지만 후지사와 슈헤이나 다카라즈카
전술 중 진실로 단순한 건 없습니다. 극도로 단순한 이가 있다
면 그건 바로 저입니다. 특별한 전술을 극도로 단순하게 설명한
것 같아 면목이 없습니다.

'다카라즈카 전술'은 여러 사람의 대화문이 이어질 때 무척
유용합니다. '하고 ○○가 말했다 전술'과 합체하면 범에 날개

* 출연 배우가 전부 여성인 다카라즈카 가극단의 가극 공연.

를 단 격이죠!

    그건 그렇고, 광란의 술자리가 있던 밤이 지나고 A, B, C, D가 좀비 같은 몰골로 잠자리에서 기어 나왔다.

    "누구야, 누가 오니고로시 사케 따서 다 보내버린 거야?" 하고 B가 물었다.

    "B 너."

    B를 제외한 전원이 싸늘하게 손가락으로 가리켰다.

    "왜 안 말렸어!"

    "와하하! 이거 완전 적반하장이네."

    "흠, C는 웃고 있을 때가 아닌 것 같은데. 얼굴이 꼭 귀신처럼 하얘. 좀 앉는 게 어때? 그리고 애초에 사람이 넷인데 사케 세 병, 와인 다섯 병, 위스키 한 병이라니 그게 이상한 거지!"

    "잠깐만, D." A가 고개를 갸웃거렸다. "이상하다는 건 병 수가 넷으로 나눠떨어지지 않는다, 그런 뜻이야?"

    "아니, 양 말이야 양!"

    "그렇게 말하는 D 네가 반절은 마셨을걸."

    C가 비틀거리며 식탁 의자에 앉았다.

    "시끄러워. 준비가 돼 있는데 그럼 마셔야지."

    "뭐 그렇다 치고. 아침 먹을래?"

A는 솔선수범해 부엌으로 가서 프라이팬을 손에 들었다. 남은 세 명이 서로를 바라봤다.

"저 녀석 식욕 말이야, 대단한 거 같지 않아, D?" 하고 B가 말했다.

"응. 식욕도 대단한데 간 튼튼한 것도 놀랄 만하지."

"난 결심했어. 앞으로 평생 술 안 마실 거야."

C가 힘없이 신음하며 식탁에 푹 엎드렸다.

"그 결심, 오늘로 스물여덟 번째야."

D도 지끈거리는 관자놀이를 문질렀다.

"뭐야, 다들 변변치 않게." A가 프라이팬에 달걀을 깨 넣으며 말했다. "너는 먹을 거지, B?"

"됐어. 지금 먹으면 100퍼센트 토해."

B는 자고 일어나 까치집이 된 머리를 정돈했다.

그 밖에도 '각 등장인물이 자신을 지칭할 때 서로 다른 표현을 쓰게 하기 전술'(와타시, 오레, 보쿠, 셋샤 등*) '각 등장인물이 자연스럽게 서로 다른 말투 쓰게 하기 전술'(A는 비교적 공손한 말투를 쓰고 D는 비교적 거친 말투를 쓰는 등) 같은 다양한 수법과

* 모두 일인칭 '나'를 뜻하는 일본어.

기술로 대사를 처리할 수 있습니다.

　소설을 읽을 때 작가가 어떤 전술을 쓰는지 관심 있게 살펴보세요. 분석하고 연구하는 관점으로 소설을 읽는 경험은 대단히 중요합니다. 누가 말하고 있는지 알기 쉽고, 좋다고 생각되는 전술을 발견하면 각자의 작품에 도입해보는 겁니다.

　대사를 어떻게 처리할지 마음속으로 어느 정도 법칙을 정해놓는 것도 중요합니다. 제가 볼 때 대부분의 소설가는 대사 처리 면에서 각각 정해진 법칙이랄지 버릇을 갖고 있는데요(물론 작품 톤이나 기타 요인에 따라 대사 처리 방식을 완전히 바꾸기도 합니다), 아마도 각자 마음속으로 대사 처리의 기본 방침을 세워놓았을 것입니다.

　왜 그럴까요? 어떤 인물의 대사를 쓸 때마다 '어디 보자, 이 대사는 어떤 식으로 처리할까?' 하고 일일이 생각했다가는 소설이 앞으로 나아가지 않을 것이기 때문입니다. 또 한 작품 내에서 대사 처리 방식이 이랬다저랬다 하면 독자가 대사의 주인을 알아차리지 못하는 혼란에 이를 수도 있습니다.

　법칙이나 방침이라고 하면 너무 기계적인 느낌이라 "난 내 정열이나 느낌을 소중히 하면서 쓰고 싶어"라고 말하는 분이 있을지 모르겠습니다. 하지만 독자에게 잘 전하는 것을 최우선 목표로 삼는다면, 대사 처리에 있어 어느 정도 법칙이나 방침을 만들어두는 게 당연하다고 생각합니다.

　몇 번 시행착오를 거치면 자연히 쓰기에도 쉽고, 알기 쉽게 전달하는 법칙이나 방침이 완성될 것입니다. 정열이나 느낌은 대사의 내용이나 바탕글에 담으면 된다는 점 기억해두세요. 여러 소설을 읽으며 대사 처리 방식, 즉 어떻게 하면 대사의 주인을 선명하게 나타낼지 연구하는 것도 잊지 마시고요!

정보 취사선택 편

건물 및 거리 묘사, 치밀하고 깔끔한 맛으로

지금 원고 쓰고 있을 때야? MUGEN이라고!(뜻: 콘서트 표 구하기에 바빠 마감이 늦어지고 있습니다.)

죄송합니다. 다시 최대한 열심히 해보겠습니다.

여러분은 어떻게 지내고 계신가요? 저는 밤마다 친구들과 어느 공연장이 성공률이 높을지 전략을 짜고 있는데요, 어찌나 열심히 머리를 굴리는지 거의 성 하나를 함락할 수준입니다. 제갈량이라 불러주셔도 좋습니다! 연전연패이긴 하지만요. 정말이지 표 쟁탈전은 너무 힘듭니다. 모두 희망의 땅에 도착해야 할 텐데요!

그건 그렇고, 이번 접시에서는 담당 편집자님에게 제안받은 주제로 이야기해보려 합니다. 컴퓨터로 향하는 척, 실은 깃털 부채만 흔들어대는 제갈량(저)을 보고 이대로라면 원고가 안 오겠다 싶어 주제를 짜내준 것이겠지요.

"작가님, 무대 설정(건물이나 거리)에 모순이 안 생기게끔 쓰는 법을 알려주세요."

정말 저한테 물어보시는 걸까요? 교열 담당자님에게 "다다미방 구조가 이상해요, 다른 차원에 있다고밖에는 설명이 안 된다니까요" 하고 지적받은 저한테! 작품 영상화 과정에서 소품 담당 스태프와 미술감독님이 "계단은 어디 있죠?" "여기에 건조대는 무리인데요!" 하며 진력내게 만든 저한테?

물론 저도 소설을 쓰기 전에 방 구조나 지도를 그리기는 합니다. 공간 파악 능력과 머릿속에서 입체를 구축하는 능력이 현저히 떨어져 결과적으로 황당무계한 건물이나 거리가 만들어지는 것뿐이죠. 저도 참 아쉽습니다.

작중 등장하는 주요 방이나 집에 한해서는 사전에 도면을 그리고 문이나 창문 위치, 가구 배치 등을 결정하는 게 좋습니다. 물론 외관이나 내부 분위기도 필요에 따라 그림으로 그리거나, 참고가 되는 사진을 보면서 어느 정도 머릿속에 고정해두는 게 좋겠지요. 모든 부분을 묘사하거나 설명할 필요는 없지만 스스로 방이나 집의 이미지를 파악해두는 게 중요합니다. 이미지가 확실하면 모호한 묘사를 피할 수 있는 동시에 어디를 문장으로 묘사하고, 어디를 독자의 상상에 맡길지 적절히 선별할 수 있기 때문입니다.

도면을 그릴 때 중요한 것은 크기 감각입니다. 방의 상세한 도면을 그린다고 해도 방 크기가 초등학교 운동장만 한지, 세 평짜리인지 제대로 파악하지 않으면 역시 모호한 묘사를 낳고 맙니다. 문에서 방의 구석까지 몇 걸음 걸리는지, 방은 몇 평인지 도면을 그리며 크기도 미리 정해둡시다.

도면을 바탕으로 실내나 실외를 문장으로 묘사하는 단계에 들어갔다면 어디를 문장으로 묘사하고, 어디를 독자의 상상에 맡길지 적절히 선별하는 게 중요합니다. 방에 있는 가구나 배치를 일일이 설명하고 있다가는 이야기가 앞으로 나아가지 않습니다. 사진이나 영상이라면 방의 모습과, 어디에 어떤 가구가 있는지 한번에 거의 다 전할 수 있지만 소설은 문장만으로 표현되니까요. 독자의 상상에 적절히 맡기는 동시에, 작가가 작품에서 중요하다고 판단한 부분('이 침대에 주목해주세요' '이런 분위기의 방입니다' 하는 식)으로 자연스럽게 독자의 주의를 유도해야 합니다.

소설에서 묘사란 세세히 설명하는 것이 아닙니다. 묘사는 독자의 상상력을 부채질하는 재료입니다. 사진이나 영상처럼 세

부까지 충실하게 문장으로 옮겨 담는 것은 묘사가 아니라고 생각합니다. 훌륭한 묘사란 문장을 통해 독자의 상상력을 자극하고, 인물이나 장면이 사진이나 영상처럼 머릿속에 저절로 떠오르게 하는 것입니다.

읽기는 적극성이 요구되는 행위입니다. 독자는 소설의 문장에서 뭔가를 이해해보겠다는, 감지해보겠다는 적극적인 자세로 책을 읽습니다. 그러니 독자의 상상력을 믿고 용기 있게 내맡겨봅시다. 하나부터 열까지 문장으로 설명하는 게 아니라 사진으로 말하자면 초점을 맞추는 느낌으로, 영상으로 말하자면 편집하는 느낌으로 여기다 싶은 부분이나 분위기만 독자에게 전하는 겁니다.

자신 있게 선택하기 위해서는 사전에 도면을 작성하고 이미지를 파악하는 단계가 필수입니다. 딱 맞는 예라고는 할 수 없을지 모르지만, 제 작품《그 집에 사는 네 여자》(작은 목소리 광고)의 실내 묘사를 예로 들어보겠습니다.

사치의 방에는 서쪽과 남쪽에 창이 있어 해의 위치가 높아질수록 남쪽 창에서 해가 들어 눈이 부셨다. 하지만 사치는 커튼을 치지도 않고 잠들어버렸다.

젖은 머리에 목욕 수건을 감고 침대에 엎드려 자는 사치는 거

대한 고케시 인형* 같았다. 하지만 그 모습을 목격한 생물은 마침 창밖으로 날개를 치며 지나간 까마귀뿐이었다.

주인공 사치의 방은 이층 모퉁이에 있다는 설정입니다. 그래서 창이 두 방향으로 나 있죠. 제 머릿속 이미지로는 방문을 열었을 때 오른쪽에 서향 창, 정면이 남향 창이 나 있고, 왼쪽 벽에 책상이 있고, 침대는 짧은 변이 남향 창 쪽, 긴 변이 서향 창쪽에 닿게 놓여 있습니다. 하지만 그렇게 면밀하게 설명할 필요는 없다고 판단했습니다. 이 장면에서 독자에게 전하려 한 부분은 사치가 요를 깔고 자는 게 아니라 침대에서 잔다는 것, 침대는 창가에 있고 앞쪽에서 날아가는 까마귀의 눈에 침대의 사치가 보인다는 점(왜 이게 중요한가 하면 나중에 까마귀가 이야기의 전개에 관여하기 때문입니다)이었으니까요.

사치는 침대로 돌진했다. 침대는 방문을 열었을 때 오른쪽에 있다. 남향 창과 서향 창의 모서리에 쏙 끼운 듯 놓여 있고……

위와 같은 식이면 갑작스럽게 정보가 덮쳐오는 상황이 벌어

---

* 팔과 다리 없이 몸통과 머리만으로 이루어진 일본의 목각 인형.

져 독자가 혼란에 빠집니다. 독자가 상상력을 발휘할 여지가 없는, 묘사 아닌 설명이 되어버리는 것이죠.

독자를 혼란에 빠뜨리는 이유 중 하나로 사치는 침대로 돌진했고 침대는 방문을 열었을 때 오른쪽에 있다는, 정보 제시 순서가 서툰 문장을 들 수 있습니다. "사치는 침대로 돌진했다"라는 한 문장을 읽는 순간 독자는 각자 머릿속으로 침대의 위치를 상상합니다. 문을 열었을 때 정면에 있을지 오른쪽에 있을지 왼쪽에 있을지 각자 그림을 그리는 거죠. 그런데 다음 문장에서 침대는 방문을 열었을 때 오른쪽에 있다고 정답이 밝혀집니다. 그러면 정면이나 왼쪽에 침대가 있다고 상상했던 독자는 머릿속에 그린 그림을 수정해야 합니다. 이건 대단히 피곤한 일일 뿐만 아니라, 만약 수정이 거듭되면 독자로서는 '뭐야, 그림이 전혀 안 그려지는 소설이네!' 하고 짜증이 나기 시작할 겁니다. 그러니 어느 정도는 독자의 상상에 맡기고, 전하고 싶은 내용을 영리하게 선택해 묘사하는 게 중요합니다.

거리를 묘사할 때도 마찬가지입니다. 가공의 거리라면 더더욱 사전에 지도를 그려 이미지를 파악해둡시다. 이때도 역시 크기를 의식해야 합니다. 예를 들어 길 끝에서 끝까지 도보로 몇 분 걸리는지, A거리에서 B거리까지 몇 킬로미터이고 도보 또는 탈것으로 얼마나 걸리는지 말입니다.

크기 감각을 기르는 데는 지도를 구경하는 습관이 도움이 됩니다. '집 근처 역에서 회사까지 전철로는 삼십 분 걸리는데 거리는 몇 킬로미터 정도려나?' '집에서 역까지 걸어서 십오 분 걸리는데 거리는 몇 킬로미터 정도려나?' 틈틈이 정보를 확인하고, 작중에서 거리 등을 설정할 때 지표로 삼는 것입니다. 한 시간에 도보로 약 4킬로미터 이동한다는 등의 정보도 파악해두면 설득력 있게 거리를 조성할 수 있습니다.

건물이나 실내, 거리 등의 묘사를 연구할 때는 본격 미스터리 소설을 읽는 게 특히 효과가 있지 않을까 싶습니다. 뭐, 저는 연구를 위해서가 아니라 단순히 좋아해서 읽지만요. 즐겁게 읽는 중에도 묘사 공부가 된다고 느낄 때가 많습니다. 본격 미스터리 소설에서는 종종 폭풍으로 섬이 고립되거나, 눈보라로 산장에 갇히는 인물이 등장합니다. 보통 거기서 살인이 일어나는 것인데, 고립된 섬 안 어디에 어떤 건물이 있고 어떤 식으로 길이 나 있는지, 산장은 어떤 구조고 어떤 방에 누가 투숙하는지 정보가 대단히 정확하게 묘사됩니다. 상황이 확실하게 설명되고, 정보가 공정하게 제시되어야 독자가 탐정과 하나가 되어 범인을 추리할 수 있기 때문입니다.

이렇듯 본격 미스터리 소설의 건물이나 거리 묘사는 치밀함을 자랑합니다. 어디를 문장으로 묘사하고, 어디를 독자의 상상에 맡길지 적절히 선별하는 기술도 더할 나위 없이 깔끔하고요.
독자 스스로 그림을 떠올리게 할 묘사가 써지지 않아 고민되는
분은 본격 미스터리 소설을 꼭 읽어보세요.

취재 방법 편
피해를 주지 않는 선에서

이러다 녹아내리겠습니다. 이 더위, 어떻게 좀 안 될까요?

매년 에어컨 사용을 자제하며 여름을 보내왔지만, 올해는 생명에 지장이 있겠다 싶어 에어컨의 힘을 빌려 잠들고 있습니다. 그러자 영면과 같은 수준의 폭풍 취침! 하루 약 열네 시간씩 수면! 외려 생명에 지장이? 에어컨을 켠 상태로 담요를 휘감고 자니 극락이로구나! 사우나 다음에 바로 냉탕에 들어가는 듯한 느낌에 '이럴 거면 애초에 온탕에 들어가는 게 낫지 않나?' 싶은 생각(?)도 들지만 그래도 기분 좋습니다. 그만둘 수가 없어요! 수면에 대폭 시간을 빼앗겨 일이 전혀 진행되지 않습니다. 모든 게 여름 탓입니다!

남(?) 탓 해봐야 소용없는 일, 소설의 취재 방법에 대해 생각해보겠습니다.

제가 예능 분야나 특정 직업을 소재로 소설을 쓴 경우가 있어서일까요? 가끔 "취재는 어떻게 하시나요?" "취재해보고 싶은 직업이 있는데 연줄이 없을 땐 어떻게 해야 하나요?" 같은 질문을 받습니다. 창작자가 으레 하는 고민입니다. 아는 사람의 직업에 흥미가 생긴 경우가 아닌 이상, 연줄이 전혀 없는 단계에서 취재를 시작해야 하니까요.

이미 소설가로 데뷔해 담당 편집자가 함께해주는 경우라면 편집자를 통해 해당 직업에 종사하는 사람을 찾고, 취재 요청을 타진해볼 수 있습니다. 단, 그렇게 수동적으로 임해서는 진행이 그다지 순조롭지 않을 수 있습니다. 실제로 취재에 나서고, 취재원이 최대한 마음을 열도록 이야기를 건네는 것은 작가 본인이니까요. 그러니 소설가로서 데뷔를 했든 안 했든 방법이나 조건은 거의 다르지 않다고 생각합니다. 제 경우를 공유해드릴 테니 참고 삼아주세요.

《바람이 강하게 불고 있다》라는 하코네 역전마라톤을 소재로 한 소설을 쓸 때의 이야기입니다(작은 목소리 광고). 하코네 역전마라톤 소설을 쓰고 싶다고 생각한 것은 소설가로서 책 한 권낸 게 전부였던, 데뷔 직후의 일이었습니다. 당연히 연줄은 전무했죠. 주위에 하코네 역전마라톤에 출전한 사람도 없었고, 닭

당 편집자도 없었습니다.

그러면 어떻게 했는가. 하코네 역전마라톤 소설을 쓰고 싶다고 동네방네 소문을 내고 다녔습니다. 이게 핵심입니다. 연줄이 없다 싶으면 일단 "아는 사람 중에 ○○ 관계자 없으신가요?" 하고 주변에 물어보는 겁니다. 드문 직업이라고 해도 계속 묻고 다니다 보면 "○○라면 아는 사람 친척 중에 있는데" 같은 반응이 언젠가 반드시 돌아올 겁니다. 이름하여 '친구의 친구는 모두 친구 전술'입니다.

저는 운 좋게 상당히 빨리 연줄이 닿았습니다. 학창 시절 아르바이트를 했던 서점 점장님의 취미가 하코네 역전마라톤 관전이었기 때문입니다. 그리고 마침 그 서점 아르바이트 직원이 대학에서 장거리 선수로 뛰고 있다는 사실을 알게 되었습니다. 그분은 장래가 유망한 장거리 선수로, 경기에도 출전하고 있었기에 다양한 가르침을 받을 수 있었습니다. 연습도 보러 갔고, 하코네 역전마라톤에 출전한 적 있는 실업팀 소속 선수도 소개받았습니다.

소개받은 뒤 어찌했느냐? 다 같이 신나게 마셨습니다. 그냥 놀기만 한 거 아니냐고 생각하실지 모르겠지만 이것도 핵심입니다. 핑계가 아니라 정말입니다. 꼭 술자리를 가져야 하는 건 아니지만, 처음 만나는 상대와 빠른 속도로 친해지고 싶을 때

술이 상당히 유효한 것은 사실입니다. 즐겁게 마시며 수다를 떠는 동안 그들이 얼마나 진지하게 경기에 임하는지, 어떤 어려움과 즐거움을 경험하는지 느낄 수 있었습니다. 하코네 역전마라톤 소설을 쓰고 싶다는 마음은 더욱 강해졌죠.

이와 더불어 하코네 역전마라톤에 대한 자료도 계속 찾아 읽고, 과거 대회 비디오도 열심히 봤습니다. 비디오는 서점 점장님이 빌려주셨습니다. 하코네 역전마라톤 '덕후'라 매년 대회를 녹화해두셨더라고요! 예선이나 본선이 열리면 직접 보러 가기도 했습니다.

이 시점에는 어떤 출판사와도 출판 이야기를 하지 않았습니다. 출판할 수 있을지 알 수 없는 상태에서 일단 마음대로 취재부터 한 거죠. 새삼 쓰고 싶다는 정열의 중요성을 실감합니다. 그저 알면 알수록 재밌어서 하코네 역전마라톤 덕후가 되었을 뿐이라는 생각도 들지만요. 취재할 때는 덕후 특유의 근성도 중요합니다. 핑계가 아니라 정말입니다.

몇 년에 걸쳐 자료를 조사하고 경기를 보러 다니면서 어떤 등장인물로 갈지, 어떤 플롯으로 갈지 정했습니다. 그리고 담당 편집자님에게 "실은 하코네 역전마라톤 소설을 쓰고 싶어서 준비하고 있는데……" 하고 처음으로 고백했습니다. 제 나름대로 상세한 플롯도 준비해서 어떤 소설이 될 것 같은지 설명해드렸습니다. 아, 이때는 제게도 담당 편집자가 있었습니다. 하코네 역전마라톤 취재를 하면서 다른 소설도 발표했기 때문이죠. 너무나 감사한 일입니다!

다행히도 편집자님은 대단한 관심을 보여주셨습니다. 페이지 수도 꽤 될 것 같고, 제가 취재도 더 하고 싶다고 했기 때문에 연재 없이 곧바로 단행본으로 출간하기로 했습니다. 그때부터는 편집자님을 통해 정식으로 취재 요청을 했습니다.

하코네 역전마라톤은 '간토학생육상경기연맹'이라는 단체가 주최하는 행사인데요, 저처럼 뭐가 될지 모를 사람이 느닷없이 취재를 요청하면 경계할 수 있지만 출판사를 통하면 '아, 진지하게 취재하려는구나' 하고 안심하기도 합니다. 이것이 바로 '부모든 회사든 서 있는 것에 도움 청하기* 전술'입니다.

그렇다고 해도 앞서 말씀드렸듯이 실제로 취재하는 건 작가 본인입니다. 어떤 대학팀을 취재하고 싶은지, 뭘 보고 싶은지, 어떤 선수에게 이야기를 들을지, 방침을 세운 뒤에 움직여야 합니다. 그래도 너무 어렵게 생각할 필요는 없습니다. 좀 더 알고 싶은 부분이 생기거나 재미있는 부분이 있으면 마음이 움직이

---

* 모두 허리를 숙이고 일할 때 허리를 펴고 가만 서 있는 이는 비교적 한가하다는 뜻이니 도움이 필요하면 그게 누구든 도움을 요청하라는 의미의 일본어 속담을 활용한 언어유희.

는 대로, 상대에게 피해를 주지 않도록 신경 쓰면서 눈에 담아 두거나 이야기를 하면 됩니다.

핵심을 모아봤습니다.

1. 일단 동네방네 소문을 내서 연줄을 찾는다. '친구의 친구는 모두 친구 전술'을 쓴다.

2. 자료를 읽고 이야기를 듣고 현장에 방문하면서 스스로 움직인다. 필요에 따라 '서 있는 것에 도움 청하기 전술'을 쓴다.

3. 상대에게 피해를 주지 않는 선에서, 하지만 자기 마음이 움직이는 대로 눈에 담아두거나 질문한다.

실제로 취재원을 만나 이야기를 들을 때 유념하는 부분은 앞서 말한 대로 되도록 피해를 주지 않겠다는 자세입니다. 취재 시점에서는 이야기가 제대로 된 형태를 갖추게 될지 미지수입니다. 상대는 그저 제 귀중한 시간을 쪼개 취재에 응해주는 거죠. 도와줄 의무 같은 건 전혀 없는데도요! 저는 항상 감사함과 송구함으로 어쩔 바를 모르겠습니다.

혹시 누군가 저한테 "소설을 쓰고 싶은데요, 취재할 수 있을까요?" 하고 물어온다면 "응? 뭐? 뭘 한다는 거야?" 하며 경계할 듯합니다. 그렇지만 지금까지 취재에 협조해주신 분들은 하나

같이 의문과 경계심을 내던지고 정말로 친절하게 이야기를 들려주셨습니다. 제 작품을 읽어본 적 없는 분도 많이 있었지만 (오히려 그게 보통이죠), 팔 걷고 나서주셨습니다.

그러니 소설가로 데뷔했든 안 했든 전혀 상관없습니다. 취재 상대가 귀중한 시간을 내주었다는 걸 가슴 깊이 새기고, 정중하고 성실하게 이야기를 여쭙는다면 상대도 친절하게 이런저런 것을 가르쳐줄 겁니다.

저는 이야기를 들을 때 되도록 메모를 하지 않습니다. 갑작스러운 취재 요청으로 안 그래도 긴장하고 있는데 본격적으로 취재 분위기가 조성되면 솔직한 이야기를 하기 어려워져 취재가 잘 진행되지 않는 경우가 많거든요. 사실관계 등 확인하고 싶은 부분이 있으면 나중에 다시 메일이나 편지로 질문을 하면 되니 상대의 자세나 말투를 주의 깊게 살피면서 대화에 집중하세요. 그쪽이 더 값질 겁니다. 물론 취재가 끝난 뒤에는 잊어버리기 전에 맹렬히 메모해야 하고요.

비소설 취재에 나설 때나 자잘한 수치가 중요한 경우라면 상황이 완전히 다르겠지만, 소설 취재의 경우 무엇보다 상대가 어떤 사람인지 느끼고 파악하는 것이 중요합니다. 소설은 어디까지나 허구이기에 취재 중 들은 이야기를 녹취한 것처럼 그대로 쓰는 상황까지는 가지 않습니다. 그리고 역시 앞에서 말씀드렸듯, 기회가 된다면 함께 밥을 먹거나 술을 마셔도 좋습니다. 신기하게도 인간이란 한자리에서 이야기하며 위장을 움직이면 허물없어지니까요.

알고 싶어 하는 자세로 재미있다는 듯 취재를 해나가면 자연스럽게 좋은 에피소드를 듣거나, 생각지도 않은 장면과 맞닥뜨리게 될 것입니다. 너무 긴장하거나 굳을 필요 없습니다. 상대를 존중하는 자세로 이야기에 귀 기울이는 것. 소설을 위해 뭔가 끌어내야 한다며 맹렬하게 파고들지 않아도, 평소처럼 사람과 사람이 사귀는 자리임을 유념한다면 그걸로 충분합니다.

모두 취재를 통해 즐겁고 멋진 만남을 가지시길 기원합니다.

두 번째 입가심

좋아하는 것은 사람(어폐 있음)

준비한 접시들은 잘 즐기고 계신가요? 상태가 좀 안 좋아 보이는 접시는 없었는지요? 거기, 난 잘 모르겠다고 손 드신 분, 대단히 용감하시네요! 자, 그럼 이제 그 주먹을 펴서 좋아하는 아이돌과 악수해주세요. "주먹은 중요한 것을 지킬 때 써라!"(바로 〈하이로〉 명대사를 갖다 붙이는 이 증상, 어쩌면 좋을까요!)

그나저나 바로 앞 접시에서 취재 방법에 대해 설명해드렸는데요, 낯을 심하게 가리는 탓에 걱정이 많은 분도 있을 것 같습니다. 답은 간단합니다. 취재가 필요 없는 내용으로 소설을 쓰면 됩니다! 그럼 이상, 해산!

죄송합니다. 해산이 너무 일렀습니다. 아직 할 이야기가 남아 있으니 계속 읽어주세요.

사람을 만나는 것 자체가 고역인 분들은 무리해서 취재를 시도하지 마시고, 머릿속 왕국을 무작정 소설로 내던지세요. 다만 혼자만의 생각으로 완결을 지어버리면 작품 세계가 비좁아지거나 아이디어가 고갈되는 위기를 맞을 수 있으니 자료가 될 만한 책을 읽거나 인터넷을 통해 신뢰할 만한 정보를 찾는 등 혼자서도 할 수 있는 취재에 힘써주세요.

낯을 가려도, 사람을 싫어해도 별 상관은 없습니다. 하지만 딱 한 가지, 인간에게 흥미가 없다면 소설가라는 직업과는 별로 안 맞는 게 아닐까 싶습니다. 설령 동물이나 벌레, 외계인을 주인공 삼는다 해도 그렇습니다. 읽는 사람이 인간이니까요! 아, 그래도 인간에게 전혀 흥미가 없는데 왜 소설을 쓰려는지 그 부분을 파고들면 대단한 걸작이 나올 것 같은 느낌도 듭니다. 아무튼 미리 좌절하지 마세요!

중요한 건 소설의 소재는 뭐가 되어도 좋고, 창작에는 편안하게 임하는 게 좋다는 사실입니다. 어떤 소재든 다 작가 안팎에 가까이 존재하고 있던 것이니까요. 연륜이 쌓인 다음에는 "낯 가리는 게 뭐지?" 할 정도로 알맞게 후안무치가 되어 정신을 차리고 보니 돌격 취재를 감행하고 있었다, 같은 일도 생길지 모릅니다. 그러니 어렵사리 좋은 아이디어를 떠올렸는데, 숫기가 없어 취재를 못 한다며 초조해하거나 절망할 필요 없습니다.

"머릿속 왕국을 펼치고 싶다는 마음은 틀리지 않다!"

다시 〈하이로〉 명대사를 갖다 붙여버렸군요. 이상, 해산!(아니, 해산이 너무 이르다니까!)

앞으로도 접시는 계속 나올 테니 위장약을 준비해주세요. 상태가 별로인 접시가 있을 수도 있지만 최대한 잘 소화해주십사 부탁드립니다.

제목 편
세 가지 발상법

집에 놀러 온 어머니와 간식으로 카스텔라를 먹던 중 "그 부스스한 머리 좀 어떻게 하지그래?"라는 예상치 못한 말을 들었습니다. 밤낮이 바뀐 딸의 집에 갑작스럽게 들이닥쳐, 단잠에 빠진 딸을 두들겨 깨운 어머니에게 군말 없이 카스텔라를 대접한 딸에게 이 무슨 말씀이신지? 방금 일어났으니 머리가 부스스한 건 당연한 것 아닌가요!

마침 저희는 〈하이앤로우 더 무비 3 파이널 미션〉 DVD를 감상하던 중이었기에 "고하쿠 씨 머리도 부스스한데" 하고 대꾸했습니다. 그러자 카스텔라를 손에 든 채 화면에 붙박여 있던 어머니는 깊은 확신에 찬 말투로 대답하셨습니다.

"얼굴이 예쁜 사람은 부스스해도 괜찮아."

그건 그렇지. 바로 이해를 해버렸습니다. 고하쿠 씨는 되어도 저는 안 되는 거죠!

무슨 말인지 모르겠다 싶은 분은 〈하이로〉 시리즈를 봐주십시오. 이전까지 깍두기 머리였던 고하쿠 씨가 3편에서 갑자기 이미지 변신을 해서 깜짝 놀라게 되거든요.

평일 대낮부터 〈하이로〉를 감상하는 칠십 대, 사십 대 모녀가 좀 색다르게 보일지도 모르겠습니다. 어머니는 열성적인 덕후를 낳은 분답게, 약간은 과한(좋은 의미로) 부분이 있는 창작물을 좋아하는 듯합니다. 제가 〈하이로〉 DVD를 보고 있으면 간식 먹으러 오는 고양이처럼 엄청난 기세로 달려드시거든요. 어머니는 록키 씨가 마음에 든 듯 그가 활약할 때마다 감동합니다. 그가 맞을 것 같은 순간에는 "옷 망가지겠네" 하고 한탄하고요. 소녀 가슴에 나이는 상관이 없구나, 옆에서 보고 있자면 재밌습니다.

이번 접시에서는 제목 짓는 법에 대해 생각해보려 합니다. 사실 제목은 저한테도 무척 어려운 과제입니다.

심사를 하다 보면 너무 안개 같고 긴, 어떤 이야기인지 짐작이 안 되는 제목과 그 자체로 스포일러인 제목을 가끔 보게 됩니다. 그때마다 아깝다는 생각을 많이 합니다. 제목은 소설의 간판이니 되도록 확실한 인상을 남기는 게 좋기 때문입니다.

등장인물의 성격이나 대사와 마찬가지로 제목 역시 작가의 취향이나 감각을 따르는 부분이 커서(독자의 취향이 크게 갈리는 지점이라고도 할 수 있습니다) 완벽한 법칙이 없는 건 매한가지입니다. "이렇게 다 법칙이 없으면 왜 조언을 들어야 하지?" 이 질문은 본 도서의 존재 의의를 위태롭게 하므로 덮어두기로 합니다. 콩을 조릴 때는 뚜껑을 열면 안 된다니까요(무슨 말이야, 무책임하게 얼버무리는 데도 정도가 있지)!

지금까지 어떻게 제목을 붙여왔나 천천히 돌이켜보니 저의 경우에는 세 가지 패턴이 있는 것 같습니다. 아래에서 설명해보겠습니다.

1. '있는 그대로' 식

—《마호로 역 다다 심부름집》(마호로 역 앞에서 심부름집을 운영하는 다다 씨의 이야기라서)

—《그 집에 사는 네 여자》(오래된 서양 주택에 사는 네 여자의 이야기라서)

고민한 흔적이 전혀 안 보인다고요?

잠시만요, 변명 좀 하게 해주세요! 이 소설은 연재소설이었습니다. 연재를 한다는 건 소설이란 걸 한 자도 안 썼을 때부터 연재 예고 등이 잡지에 게재된다는 뜻입니다. 편집자님은 당연히 제목이 뭔지 물었고, 저는 아직 한 자도 안 쓴 걸 들키지 않기 위해 과도하게 침착한 어조로 "그러게요…… 제목은 '마호로 역 다다 심부름집' 말고는 안 될 것 같은데요……"라고 대답했습니다.

있는 그대로 식의 제목이 가진 이점은 확실합니다. 뭐니 뭐니 해도 제목을 보면 내용이 바로 짐작된다는 것!《그 집에 사는 네 여자》의 경우, "누가 '그 집'이라고 하는 건데?" 하는 식으로 한 번쯤 멈칫해주시기를 바랐습니다. 소설의 시점 문제(소설이란 누가 서술하는 것인가)에 대해 어느 정도 생각을 하고 쓰기 시작한 작품이거든요.

있는 그대로 식의 제목에도 주도면밀함을 담을 수 있다고 대단한 듯 말해봤지만《마호로 역 다다 심부름집》의 경우는 주도면밀 같은 건 전혀 없는, 그야말로 있는 그대로 식의 제목이 맞습니다. 면목 없네요.

그렇지만 있는 그대로 식의 제목은 복잡하지 않고 직관적이기 때문에 질릴 위험이 없다는 점에서 좋기도 합니다(자기변호 맞습니다). 이 방식으로 제목을 지을 때 주의할 점은 지나치게 설명하지 않을 것(제목이 스포일러가 되지 않게 하기 위해), 리듬감 중시(제목이 너무 길면 리듬감이 없어져 독자들이 기억하기 어렵습니다)가 되겠습니다.

2. 상징 활용법

—《바람이 강하게 불고 있다》(하코네 역전마라톤 관련 소설)

—《불과*를 얻지 못하고仏果を得ず》(전통 인형극 분라쿠에 관한 소설)

—《배를 엮다》(사전 편찬에 관한 소설)

다음은 작품 내용을 상징하는 제목을 붙이는 방법입니다. 원래 그렇게 하는 거 아니냐고 생각하실 수도 있습니다만…… 내용을 읽고 보면 '아! 이 제목이 이런 뜻이었군!' 하고 알게 되는 게 핵심입니다.

아무리 상징이라고 해도 읽어도 읽어도 뿌연 분위기만 느껴지는 제목은 피하는 것이 좋습니다. 제목과 내용이 딱 들어맞아야 제목이 살아난다는 점을 명심해주세요!

같은 상징 활용법이라도 여러 패턴이 있습니다. 예를 들어《바람이 강하게 불고 있다》는 연재를 거치지 않고 바로 단행본으로 출간했는데요, 다 쓰고 책으로 출간하는 단계에서 제목을

---

*   불교에서 도달하려 하는 깨달음의 경지.

생각하는데 때마침 보고 있던 하코네 역전마라톤 중계에서 아나운서가 "바람이 강하게 불고 있습니다"라고 말하는 것을 듣고 이거다 싶었습니다. 원고를 다시 읽어보니 바람 묘사도 꽤 있고 (달리기에 대한 소설이므로), 여러모로 만족스러웠죠.

소설을 다 쓰고 난 뒤에 상징을 활용한 제목을 딱 맞게 짓기도 하지만, 좋은 상징 제목이 먼저 떠올랐다면 원고를 제목에 맞게 살짝 손보면 됩니다.

《불과를 얻지 못하고》는 연재소설이었기에 처음부터 제목을 정하고 시작한 경우입니다. 이 제목은《가나데혼 주신구라仮名手本忠臣蔵》* 속 대사 "불과를 얻자(성불하자)"를 비튼 것인데요,《불과를 얻지 못하고》의 주인공이 마지막에 도달하는 지점("어디 성불 같은 거 하겠는가!")이 연재 시작 전부터 내다보여 이렇게 지었습니다. 상징 활용법인 동시에 다음으로 소개해드릴 역설 발상법이기도 합니다.

저로서는 대단히 마음에 드는 제목이지만 생각해보면 약점도 있습니다. 마지막까지 읽지 않으면 제목이 왜 '불과를 얻지 못하고'인지 의미를 알 수 없기 때문입니다. 독자 여러분께 다소 스트레스를 드린 제목이었겠구나 싶어 반성했습니다.

---

* 가나데혼은 에도시대 서당 격인 데라코야에서 사용하던 읽기 쓰기 연습용 본보기 책이고, 주신구라는 인형극과 가부키로 유명한 작품이다.

《배를 엮다》의 경우 사전을 배에 비유하고, 사전을 편찬하는 이들의 이야기인 점을 살려 '엮다'라는 동사를 붙였습니다. 생각해보니 상징 활용법과 있는 그대로 방식의 혼합이군요. 네, 이렇게 여러 방법을 조합해 어떻게든 뽑아내는 게 제목입니다!

《불과를 얻지 못하고》에서 반성한 것도 있고 해서 《배를 엮다》에서는 소설 초반 등장인물이 "사전은 '배'고, 우리는 그걸 '엮는' 거다"라고 말하도록 했습니다. 만반의 준비를 한 셈이죠. 제목의 뜻을 고민하지 않고 편하게 읽게 될 거라 자신했습니다. 하지만 그런 와중 "결말에서 제목의 의미를 알게 돼서 후련했습니다!" 하는 감상을 여기저기서 듣고 당황했습니다. 그도 그럴 것이 초반에 한 말이 어디 기억나나요? 그냥 읽고 흘려 넘기지……. 딱 맞는 제목을 붙이기란 정말 어려운 일입니다.

3. 역설 발상법

—《빛光》*(어두움 그 자체, 어디에도 빛 같은 건 없는 이야기)

—《사랑 없는 세계》(사실 이 세계에는 사랑이 가득할지도 모른다는 인식에 도달하는 이야기)

* 한국에서는 《검은 빛》이라는 제목으로 출간되었다.

제목 짓는 법에 대해 필사적으로 설명하려다 자발적으로 스포일러를 하는 느낌입니다. 괜찮습니다! 제 유해를 넘어 다 함께 바스티유를 함락시킨다면 더 바랄 게 없으니(《베르사이유의 장미》 참조)! 이런 제가 딱하다고 생각되신다면 '착지점은 이미 알고 있지만, 그래도 읽어볼까?' 하는 마음으로 손에 들어주세요. 그럼 더 바랄 게 없겠습니다. 이것도 일종의 스텔스 마케팅(?)이려나요?

요즘은 스포일러에 민감한 분위기이지만, 대부분의 창작물은 결말에 이르는 과정이라든지 디테일을 즐기는 게 관건이라고 생각합니다. 착지점을 다 알아도 즐길 수 있지 않을까 해서요(필사적).

그렇게 말하는 저도 영화 〈카메라를 멈추면 안 돼!〉*를 아직 못 봐서 혹시 스포일러가 있을까 싶어 예고편도 안 보고 있고, 어쩌다 추리소설 범인을 알아버리면 격노합니다. 범인 이름을 바로 잊어버려서 괜찮긴 합니다만(어찌나 잘 잊는지 같은 추리소설을 몇 번씩 읽고, 대단한 속임수라며 처음처럼 놀라기도 합니다).

······무슨 얘기 중이었더라. 아! 역설 발상법. 이 경우에도 역시 어떤 형태로든 내용과 잘 맞아떨어지는 게 중요합니다.

---

* 좀비 영화 촬영 현장의 소동극을 그린 일본의 저예산 영화로, 초대박을 터뜨렸다.

《빛》은 작중에서 '빛'이라는 단어를 이쯤다 싶은 주요 부분에서만 사용하려고 신경 쓰며 썼답니다. 이렇게 어둡고 답답한데 대체 뭐가 '빛'이란 건지, 이 소설에서 빛이라고 상정하는 건 무엇일지 생각해봐주시길 바라면서요. 의도대로 됐는지는 잘 모르겠습니다.

《사랑 없는 세계》의 경우, 사랑이라는 개념이 없는 식물을 연구하는 이들의 이야기라 '사랑 없는 세계'라 지었습니다. 있는 그대로 식의 제목이기도 하죠. 하지만 연구하는 이들 마음에는 식물에 대한 사랑이 있고, 정교한 구조를 가진 다종다양한 생물이 머무는 지구도 사랑으로 가득하기에 '사랑 있는 세계'이기도 하다는 생각으로 지어보았습니다.

신경 쓰면 좋을 것 같은 점이 또 한 가지 떠올랐습니다. 최근에는 소설 정보를 인터넷에서 얻는 경우가 많습니다. 즉, 검색을 한다는 것이지요. 그때, '빛'이라는 단어는 너무 많이 사용되는 일반 명사라 수없이 많은 검색 결과가 도출됩니다. 그러니 '가구'라든지 '다리' 같은 제목은 피하는 게 좋을지도 모르겠습니다. 그런데, 그런 식이라면 아쿠타가와 류노스케의 《코鼻》도 안 좋은 제목인 걸까요? 거참, 야박한 세상입니다.

핵심은 작품에 딱 맞는 제목을 짓는 것. 위의 조건은 어디까지나 살짝 염두에 두는 정도로 생각해주세요.

참고로 〈하이앤로우〉의 제목은 좋아하는 작품을 몇 번씩 집요하게 보며 분석하는 '덕력'을 동원해도 다 헤아리기 어려운 점이 있습니다. 군이 말하면 상징 활용법인가 싶지만, 작품에서 '로우'인 부분은 전혀 안 보이는 터라 확신하기 어렵습니다.

하지만 어쩔 수 없습니다. 평범한 이들의 발상을 가볍게 초월하는 돌파력으로 가득한 게 바로 〈하이로〉의 매력이니까요!

아, '하이로'라고 약칭으로 부를 수 있는 것도 이 제목의 좋은 점입니다. 〈세상의 중심에서 사랑을 외치다〉를 일본에서 '세카추*'라고 부르듯, 익숙해지기 쉽게 줄일 수 있는 것도 중요한 무기입니다. 그러나 이러한 애칭은 창작물을 즐기는 이들의 애정으로 자연히 생겨나는 것. 작가가 의도할 수 있는 범주를 넘어섭니다.

모쪼록 여러 방법을 조합해 작품에 딱 알맞은 간판이 되도록 제목을 지어보세요.

---

* 　 일본어 제목인 '세카이노 추신데 아이오 사케부'를 줄인 표현.

정보 제시 타이밍 편
정경과 인물 떠올려보기

새 접시를 내어놓을 때마다 쓸 게 없다고 투정하는 듯하지만 사실이 그렇습니다. 왜냐? 소설 쓰기에 관한 조언이라니, 저한 테는 무리이기 때문입니다. 그럼 지금까지의 열다섯 접시는 어 떻게 된 거냐고요? 필사적으로 짜낸 거지요. 확 구겨서 태운 뒤 에 바다에 버려주세요(불법 투기)!

산통 깨는 소리를 하자면 소설 쓰기에 요구되는 것은 딱 하 나, 센스입니다. 하지만 이렇게 말하면 이야기가 종료되고, 나는 센스 같은 거 없다며 의기소침해지는 분도 있을 테지요. 그런데 센스를 전적으로 재능(좀 더 자세히는 천부적인 재능)의 영역이 라 단정 짓는 건 너무 성급한 생각입니다.

잠시 한 말씀 드려도 되겠습니까?(자기 멋대로 말 꺼내놓고 멋대로 따지고 드는 말투) "저 사람, 센스 있게 옷 잘 입네" 하고 말들 하지요? 그런데 그 센스라는 게 날 때부터 있던 건가요? 아니죠! 옷을 입고 태어나는 아기는 없으니까요. 패션 센스가 좋은 사람은 잡지를 보거나, 직접 가게에 가서 다양한 옷을 구경하거나, 실패를 거듭하면서 과감한 코디를 시도하는 등 여러 단계를 거쳐 본인에게 어울리는 옷차림을 알게 되었을 겁니다. 즉, 센스라는 건 천부적인 재능이 아니라는 말입니다. 옷차림에 대한 관심과 이해는 사람마다 다릅니다. 확실한 천재도 있기야 하겠지만 센스의 내실은 후천적으로 얻어지는 것이란 말씀!

소설도 똑같습니다. 시행착오를 거치며 후천적으로 몸에 익힌 센스로 쓰는 겁니다. 천부적인 재능에 달려 있다 착각하고 노력도, 연구도, 독자에 대한 배려도 없이 그냥 퍼질러 있는(듯 보이는) 사람을 보면 멱살을 흔들면서 "정신 좀 차려!" 하고 소리치고 싶어집니다. 혹시 컴퓨터 앞에 앉아 코를 후비며 '언젠가 걸작을 써낼 것이다, 왜냐하면 난 재능이 있으니까!' 같은 생각을 하고 있으신가요? 걸작을 위한 재능 같은 건 누구에게도 없습니다. 오직 긴장을 풀지 않고 센스를 갈고닦으려 하는 의지만 있을 뿐이죠!

죄송합니다, 제가 좀 격해졌네요. 원고를 쓸 때마다 제가 소설에 대해서는 읽을 때도 쓸 때도 꽤 고혈압이라는 것을 깨닫습니다. 에그자일 트라이브*에 대해서도 고혈압 상태이긴 하지만, 무엇보다 소설에 대해 생각할 때면 혈압이 확 상승합니다. 뭐, 소설이 좋은 거겠죠. "좋다"와 같은 말이 쑥스럽긴 하지만요(마음은 아직 중학생인가 봅니다).

본론으로 돌아와서, '난 센스 같은 거 없는데……' 하는 분들! 의기소침해 있지 말고 최대한 센스를 갈고닦으세요. 태어나는 순간부터 말을 한 인간은 부처님 말고는 없습니다. 아기가 발가벗은 몸으로 태어나듯, 언어도 갖고 태어나는 게 아니라 후천적으로 터득하는 것입니다. 언어를 구사해 표현하는 소설도 노력과 시행착오로 센스를 갈고닦을 수 있다는 뜻입니다.

그런데 문제는 센스의 양상이 천차만별이라는 것입니다. 좋아하는 옷과 어울리는 옷이 다르듯, 좋다고 생각한 소설과 실제로 쓸 수 있는 소설이 완전히 다른 경우가 자주 있습니다. 또 사람마다 자신 있게 소화할 수 있는 패션이 다르듯이 창작 역시 어떤 사람에게는 척척 이해되는 지점이 어떤 사람에게는 이해하는 데 시간이 걸리는 경우도 있습니다.

인칭과 시점, 구성은 어느 정도 논리적으로 설명할 수 있는 큰 틀에 해당하는 내용이라 소설 쓰는 분이라면 대체로 "아, 그

---

* 일본의 댄스 보컬 그룹 에그자일과 관련된 그룹의 총칭. 〈하이앤로우〉 시리즈의 총괄 기획, 제작을 맡았다.

런 말이군" 하고 이해하기 쉽습니다(물론 이해한 뒤 제대로 실천하기 위해서는 시행착오가 필요하지만요). 그런데 등장인물 설정이나 대사는 개인의 취향과 시행착오의 결과로 체득한 센스에 좌우되는 부분이 커서, 어떻게 하면 좋다고 일반화하기가 대단히 어렵습니다.

그러니까 이 코스 요리(?)도 접시가 날라지는 동안 슬슬 재료가 떨어지기 시작했다는 이야기입니다. 기나긴 변명이었던 것이죠! 이 이상의 조언은 어려우니 각자 부지런히 센스를 갈고닦아주세요(방임주의).

지금까지 투고작을 읽어오면서 '이 부분을 개선하면 좋을 텐데' 하고 자주 느꼈던 부분이 바로 정보 제시 타이밍입니다. 어떻게 하면 정보 제시 타이밍이 딱 맞아떨어질지 구체적인 방법을 이것저것 생각해봤습니다. 그런데 생각이 잘 안 나더군요. 작품에 따라 적절한 타이밍이 전혀 달라 한마디로 말하기 어렵기도 하고, 이 또한 센스와 관련된 영역이라 그런 듯합니다.

추리소설을 예로 들어보겠습니다. 범인이 처음부터 티 나게 범인처럼 행동하면 큰일 납니다. 범인이라는 걸 잘 숨기면서, 그러면서도 범인이라고 밝혀진 뒤에 다시 읽어보면 고개를 끄덕일 수 있게끔 말하고 행동해야 합니다(공정하게 정보를 제시해야 한다는 말입니다). 추리소설 작가는 혹시 신일까요? 저는 추리소설은 절대 못 씁니다. 좋아하는 옷과 어울리는 옷이 다른 경우라고 할 수 있겠네요. 아무튼 정보 제시 기술을 배우는 데 추리소설만 한 게 없다고 말할 수 있습니다.

심사를 맡으면서 등장인물의 나이나 외모의 경우 되도록 빨리 정보를 제시하는 게 좋다는 법칙을 발견했습니다. 물론 절대적인 법칙은 아니고 등장인물의 매력을 전면에 내세우는 작품에 해당하는 이야기입니다. 빨리 자연스럽게 등장인물이 어떤 사람인지(외모를 포함해) 정보를 제시하고, 등장인물의 모습을 떠올리기 쉽게 만든다면 몰입감이 확 높아지기 때문입니다.

만화나 BL 소설을 쓰는 분 중에도 먼저 스케치나 설정 정리를 거듭하며 인물 외모와 정보부터 잡아나가는 경우가 있다고 들었습니다. 두 가지 모두 등장인물의 매력이 작품 자체의 매력과 크게 결부되는 장르이기에 곧장 수긍했습니다.

개인적으로 저는 등장인물의 외모 묘사를 최대한 하지 않는 편입니다. 특별히 외모를 묘사할 만한 인물이 별로 없기도 했고 (작품 속 등장인물들이 언짢아하지 않아야 할 텐데요), 저의 문장력으로는 아무리 묘사를 거듭해도 헤노헤노모헤지* 같은 그림밖

---

* 헤ㅅ로 눈썹을, 노 の로 눈을, 모も로 코를, 다시 헤ㅅ로 입을, 지し로 얼굴선을 그려 얼굴을 완성하는 문자 놀이.

에는 안 될 것 같아 최대한 덜어냈습니다. 복장에 대해서도 깊이 생각하기 귀찮아하는 탓에(어이!) 거의 묘사하지 않고, 꼭 묘사해야 할 때는 대체로 티셔츠나 청바지 차림으로 설정했습니다. 이러다 좀 더 그럴듯한 차림으로 해달라고 등장인물의 항의를 받지는 않을까 걱정되네요.

그래도 그런 만큼 사소한 동작이나 대사를 통해 어떤 사람인지 나타내기 위해 애쓰는 편입니다. 소설 끝에 다다라서 등장인물 특유의 동작이나 버릇이 갑자기 속출하면 이상하니 초반부터 자연스럽게 흘려두려 하지요.

오호! 등장인물에 관한 정보 제시의 핵심은 외모나 성격, 언행에 대해 사전에 어느 정도 정해두는 것이겠네요!

이야기가 진행되면서 등장인물이 스스로 생동감 있게 움직여나가기도 하니 너무 옴짝달싹 못 하게 고정하는 건 피해야겠지만, 핵심적인 부분은 작가 본인이 제대로 떠올려보고 어떤 인물인지 파악해두는 게 좋습니다. 작가가 등장인물에 대해 충분히 알고 있지 않으면 정보 제시 타이밍도 흔들리니까요.

투고작을 읽다 보면 동작 부분에서도 갸웃거릴 때가 있습니다. 제 작품 중 딱 맞는 예가 떠오르지 않아 간단하게 상황을 만들어보겠습니다.

공원을 걷고 있던 A와 B는 나무 아래 벤치에서 잠시 쉬기로 했다. 나란히 앉아 주머니에서 꺼낸 사과를 깨물었다.

"맛있어?" 하고 A가 물었다.

"응, 너도 먹을래?"

B가 깨물었던 사과를 내밀자 A는 "아니야, 나도 있어" 하고 자기 주머니에서 사과를 꺼냈다.

A와 B는 어떤 관계일까요? 두 사람은 좋은 친구 사이입니다. 여기서 문제가 되는 부분은 주머니에서 꺼낸 사과를 깨물었다는 부분입니다. 정보 제시가 제대로 되지 않아 두 사람 다 자기 주머니에서 사과를 꺼내 먹는 상황으로 읽히기 때문입니다. 그런데 B만 사과를 먹고 있는 게 뒤늦게 드러나 독자로서는 혼란을 겪게 되죠.

공원을 걷고 있던 A와 B는 나무 아래 벤치에서 잠시 쉬기로 했다. 옆에 앉아 나뭇잎 틈새로 흩뿌려지는 햇살을 만끽하는 A를 보며 B는 주머니에서 꺼낸 사과를 깨물었다.

위와 같이 쓰면 독자도 상황을 쉽게 이해할 수 있겠지요. 말인즉 정보 제시 타이밍을 적절하게 잡기 위해서는 작가가 정경이나 인물을 제대로 떠올린 다음 집필하는 게 중요합니다.

떠올린 것을 문장으로 구체화하는 기술은 여러 시행착오를 거쳐 센스가 몸에 배면(즉 익숙해지면) 더 편안하게 구사할 수 있습니다. 애초에 떠올려보지도 않고, 생각나는 대로 적당히 때려 넣는 방식을 택하면 제아무리 문장을 편안하게 쓸 수 있게 돼도 정보 제시 타이밍은 적절치 않은 상태에 그대로 머무를 것입니다.

등장인물이나 정경을 침착하게, 구체적으로 생각하고 떠올려보는 것. 이는 독자를 생각하는 일과도 연결됩니다. 독자는 작가의 머릿속을 들여다볼 수 없습니다. 그렇지만 작가의 생각이나 머릿속에서 차례로 펼쳐지는 정경을 부족하게나마 전할 수 있는 수단이 있습니다. 바로 언어입니다. 소설은 언어를 사용한 소통입니다. 작가는 자신의 머릿속에 존재하는 등장인물이나 세계를 먼저 파악해 독자에게 전하는 번역가(또는 무녀) 같은 존재라고 생각합니다.

생각난 바를 그대로 풀어놓기 전, 등장인물이나 독자의 심리와 생각, 감정을 헤아리면서 적절히 번역(언어화)해보세요.

고양감 편
중2의 영혼이 출몰할 때

새로운 한 해를 어떻게 보내고 있으신가요? 저는 작년에 드디어 '에모이'*라는 말을 배워 친구들에게 써먹어보았습니다.

"이 라이브 DVD, 이 부분이 초절정 에모이하니까 꼭 봐!"

그랬더니 "바로 잘 써먹네"라는 말이 뜨뜻미지근한 미소와 함께 돌아오더라고요.

그도 그럴 게 저는 에모이라는 말을 제 작품 감상을 찾아보다가 뒤늦게 알게 됐습니다. 몇몇 독자분의 감상을 읽다가 뜻이 궁금해진 거죠.

---

* 영어 emotional의 앞부분을 일본식으로 읽은 '에모'에 일본어 형용사 어미 '이'를 붙인 표현. 여러 가지 감정으로 마음이 복잡하고 감상적일 때 사용하는 단어로 청년층에서 유행했다.

에모이라니 무슨 뜻일까? 기모이*와 비슷한 거려나? 혹시 '와…… 진짜 기모이'라는 의미인가? 무언가 기분 나쁜 구석이 소설에 배어난 건가?

그래서 친구들에게 큰맘 먹고 물어봤습니다. 그러자 친구들이 "'고조되다'나 '뜨겁다'와 비슷한 느낌이려나, '이모셔널'에서 온 말일걸?"이라고 하는 게 아니겠습니까?

"'와…… 진짜 기모이'가 아니고? 그러니까…… 예를 들어 소설 감상평에 에모이라고 쓰여 있으면 긍정적인 의견이라고 받아들여도 되는 거야?"

"너…… 네 소설 감상평 검색하고 그래?"

"응, 뭐…….'

감상평 검색광인 걸 들켜 부끄러웠지만 긍정적인 감상일 거라고 말해주는 친구들 덕분에 안도했습니다.

그렇게 에모이의 뜻을 알게 된 저는 일상생활에서 신나게 활용하고 있습니다. 젊은 척하고 싶어 할 나이니까요.

아, 제가 시도 때도 없이 감상평을 검색하는 건 아닙니다! 그저 신간이 나오면 어떤 식으로 읽어주셨을지 궁금증을 참지 못해 가끔 검색하는 정도입니다.

---

* 기분이 좋지 않다는 뜻의 '기모치 와루이'의 줄임말로 청년층에서 유행했다.

사실 아직 에모이라는 단어의 뜻을 완벽하게 이해하지는 못했습니다. 긍정적인 감상일 거라는 친구들의 말을 믿는 거죠. 만약 에모이라는 말이 '고조되다' '뜨겁다'와 같은 뜻이라면 제 소설이 에모이하다는 말은 '중2병 말기 소설, 읽고 있으면 살짝 볼이 빨개지지만 그게 나쁘지는 않다'라는 평일지도 모릅니다. 얼굴이 빨개지네요. 제 중2병이 소설에 대량 유출된 것일까요?

에모이의 정체가 중2병인지, 에모이와 중2병이 과연 완전히 겹쳐지는지는 잘 모르겠지만 이번 접시에서는 창작물에서의 중2병에 대해 생각해보려 합니다.

중2병이란 중학교 2학년의 마음을 언제까지고 간직한다는 의미로 유치하다는 뜻을 담아 부정적으로 말하는 경우가 많습니다. "그 녀석, 나이깨나 먹은 놈이 언제까지 그런 유치한 말을 늘어놓을 작정이래?" 같은 뉘앙스로요.

실생활에서 '언제까지고 유치하다'와 '짜증 난다'는 종이 한 장 차이라고 생각합니다(흑…… 제가 써놓고 상처……). 그래도 창작물에 한해서는 중2병이라는 게 대단히 중요하지 않을까 싶습니다. 아, 심각한 중2병을 앓고 있는 제 상태를 변호하려는 건 아닙니다.

뭔가를 적극적으로 표현하고 싶다, 하지 않으면 견딜 수 없다, 그런 정열에 마음이 동해 창작 활동을 하는 사람은 (유감스러운 표현이지만) 애초에 중2병이 심각하다고 볼 수 있습니다. 그리고 창작물을 즐기는 시간이란 꽤 높은 비율로 작품에 넘쳐나는 중2병, 에모이함, 유치함, 이유 없는 정열을 맛보며 "멋지잖아!" 하고 감동하는 시간일 테고요.

작가뿐 아니라 받아들이는 쪽도 작품이 빚어내는 중2병 분위기에 마음을 빼앗기는 경우가 있습니다. 몇 살이 되어도 유치함을 씻어버리지 못하는 인류가 마음먹고 유치함을 발휘하기 위해, 또는 만끽하기 위해 창작물이 존재하는 건 아닐까, 그런 생각이 드네요.

작품의 중2병 정도를 조절하는 일은 결코 쉽지 않습니다. 작가마다 취향이 다르기도 하고 무엇보다 중2병은 아무리 자제하려고 해도 대량 유출되는 거센 물줄기이기 때문입니다. 개인적으로 저는 빈틈없이 세련된 창작물보다 "아유, 유치해!" 하고 낄낄거리면서도 왠지 설레는, 창피해서 아무한테도 말 못 하지만 깊이 공감되는, 그런 감질나는 창작물을 더 좋아합니다. 왕가위 감독의 〈아비정전〉이라는 영화를 예로 들 수 있는데요, 이 영화의 영상은 대단히 감각적입니다. 하지만 구성이 살짝 이상하기도 하고, 군데군데 결점이 보이기도 하죠. 그러나 영화는 오직 에모이라는 말로만 표현할 수 있는 광채, 영화로만 표현할 수 있는 애절함, 사람 냄새와 마력으로 넘쳐납니다. 그래서 너무 좋은 거죠. 영화에서 장국영은 이제 막 만난 장만옥에게 갑자기 "이 일 분, 나는 너와 있었다, 이 시간을 나는 잊지 못할 거다" 같은 말을 합니다. 낯간지럽고 유치한 말이라고, 장국영이기 때문에 가능한 말이라고 생각하면서도 꼼짝없이 심장을 부여잡게 됩니다. 장국영이니까요! 그 뒤에도 폭풍 같은 전개가 계속해서 펼쳐지니까요!

저는 창작물이란 현실을 있는 그대로 모방하는 걸로는 충분하지 않다고 생각합니다. 종종 창작물을 보고 "현실에서는 있을 수 없는 일이다, 현실에서 이런 말 하는 사람 본 적이 없다" 하는 분들이 있는데, 들을 때마다 참 이상한 말이라고 생각합니다. "그렇게 현실만 운운할 거면 평생 어떤 창작물도 보지 말고 그냥 먹고 싸고 주무세요!"라고 폭언까지 내뱉고 싶은 심정입니다. 창작물은 때에 따라 현실에서는 있을 수 없는 일을 당당히 펼쳐 보입니다. 이때다 싶은 지점에서 작렬하는 유치함을 만끽할 수 있기 때문에 창작물만의 재미가 담보된다고 생각합니다.

또한 창작은 필연적으로 현실의 일부입니다. 현실지상주의자들이 이 점을 잘못 알고 있다는 생각이 드는데요. 현실에서는 불가능한, 현실에서 말하지 않을 것 같은 내용이 창작물에 그려진다고 해도 창작물은 엄연히 현실에 존재하기 때문에 그 안에는 현실을 사는 사람들의 생각과 바람이 담겨 있을 수밖에 없습니다. 그걸 불가능하다며 단칼에 내치는 것은 작품을 만들고, 감상한 사람들의 생각이나 바람을 내치는 것이나 다를 바 없습니다.

창작물 안에 현실감을 빚어내, 독자로 하여금 현실에서는 어렵겠지만 작품 속 상황과 작품 속 인물이라면 가능할 것 같다 생각하게 하는 것은 작가의 기량과 책임감에 달려 있습니다. 영화 〈아비정전〉은 이런 면에서도 대단히 훌륭한 작품입니다. 분명 유치한 지점이 있지만 유치함을 작품의 매력으로 승화하고, 다양한 관객의 마음을 울리는 보편성을 담아내는 데 성공했기 때문입니다.

소설로 말하자면 문장의 마력은 중2병이 재료가 됩니다. 작품 분위기에 따라 다르겠지만, 현실만 너무 의식하면 문장이 지나치게 무미건조해집니다. 단숨에 비약하는 순간, 즉 '고양'의 순간이 확실해야 독자의 마음을 잡아챌 수 있습니다.

이때다 싶은 타이밍에 내뱉는 대사를 예로 들 수 있습니다. 쓰는 중에 기분이 고조되면 현실성을 고려하느라 주저하지 말고, 등장인물에게 멋진 대사를 내뱉게 해주세요.

소설을 쓰기 시작했을 무렵, 쑥스러운 마음이 한몫해 제 소설의 등장인물은 좀처럼 명대사를 내뱉지 못했습니다. 하지만 때에 따라서는 등장인물이 확실하게 자기 생각을 말하는 게 중요

하다는 것을 깨닫고 쑥스러움을 떨쳐버리기로 했습니다. 소설
은 오로지 문장으로만 표현할 수 있습니다. 독자는 소설 속 인
물의 표정도, 목소리도 직접 보고 들을 수 없습니다. 그러니 등
장인물의 정열과 생각을 독자에게 정확하게 전하고 싶다면 가
끔은 과하다 싶을 정도로 직구를 날려야 합니다. '현실에서 이
런 말 하는 사람을 본 적은 없지만 그래도 이 작품의 이 순간,
이 등장인물이라면 이렇게 말할 수밖에 없겠다' 독자들이 그렇
게 생각할 수 있도록 자로 잰 듯한 타이밍에 뜨거운 영혼의 대
사를 날려야 합니다.

쑥스러움과 부끄러움을 과감히 내던지고, 등장인물의 생각과
감정에 충실히 귀를 기울이며 써보세요. 그러다 보면 애써 노리
지 않아도 자연스럽게 뜨거운 영혼의 대사가 흘러나올 겁니다.
제가 남달리 중2병이 심한 걸지도 모르지만, 아무튼 분명 그렇
게 될 겁니다!

그리고 바탕글의 경우 이 역시 취향 문제이긴 하지만 저는 바
탕글이 점점 고조되다 마침내 열창하는 듯한 부분이 있는 소설
을 좋아합니다. 작가와 등장인물의 에너지에 휩쓸려 작품 안으
로 녹아드는 듯한 도취감이 느껴지기 때문입니다. 그러니 쓰는
중에 이야기의 감정이 고조된다면 정열에 저항하지 말고 바탕
글을 통해 열창해보세요. 현실에서 느닷없이 노래를 시작하는

사람은 거의 없지만, 그런 건 신경 쓰지 않아도 됩니다. 여러분이 쓰는 건 소설입니다. 등장인물의 생각을 독자에게 전하는 데 가장 적합하다고 판단된다면, 눈치 보지 말고 유치함의 거센 물줄기를 대방출하세요!

물론 다 쓴 뒤에는 냉정한 시선으로 다시 정독해야 합니다. 아무리 그래도 너무 유치하다 싶은 부분은 퇴고를 통해 미세하게 조정해주세요. 전에도 말씀드렸지만 소설은 한밤중에 쓴 러브레터와 똑같습니다. 유치함이 도를 넘어서면 생각이 곁에서 맴돌기만 하고 상대에게 잘 전해지지 않을 뿐 아니라, 상대에게 불쾌함을 안겨줄 수 있습니다.

흑…… 제가 써놓고 상처…….

묘사와 설명 편
낫토를 몇 번 섞을지는 취향대로

두근거림이 멈추질 않습니다! 이제 곧 산다이메 제이소울 브라더스의 돔 투어가 시작되거든요. 소설에 대해 생각할 때가 아니라는 말이지요!

사실 저는 표를 구하지 못했습니다. 동행자 등록을 해준 친구 덕분에 겨우 콘서트에 갈 수 있게 되었지요. 어마어마한 경쟁이 될 거라 예상은 했지만, 제 뽑기 운은 꽝도 보통 꽝이 아니더라고요. 빛을 발하지 못한 제갈량은 깃털 부채로 모니터에 쌓인 먼지나 털어야겠습니다. 그런데 이 책 말입니다. 어쩐지 중간부터 '나는 어찌하여 에그자일 트라이브에게 빠질 수밖에 없었나'에 대한 보고서가 되어버린 것 같은데 괜찮은 걸까요? 안 괜찮은 것 같은데!

마음을 재정비하고 진지하게 소설에 대해 생각해보겠습니다. 산다이메…… 영혼이 갈피를 잡지 못하거나 하는 건 아닙니다! 절대로!

투고작을 읽을 때 개선의 여지가 보여 더 아깝게 느껴지는 부분이 있습니다. 바로 묘사가 아니라 설명이 되어버린 문장입니다. 뭐가 묘사고 설명인지 구체적인 사례를 들어 설명하기가 어려워 답답해하던 차 마침 딱 맞는 사례가 생각났습니다. 참고로 아래 예시에서 A는 여자아이, B는 남자아이입니다.

A가 도대체 무슨 얘기를 할까. B는 방과 후까지 기다릴 수 없을 것 같은 마음으로 학식으로 나온 카레라이스를 급하게 입에 넣었다.

여기는 보건실. B가 조용히 문을 여니 A는 벌써 창가 침대에 앉아 무료함을 달래듯 스마트폰을 만지작대고 있었다.
"할 얘기란 게 뭔데?" B가 물었다.

한 행 띄고 나오는 첫 문장 "여기는 보건실"을 봐주세요. 장면 전환이 일어난 뒤에 특히 자주 발견되는 문제인데, 등장인물이 어디에 있는지 얼른 독자에게 전하기 위해 "여기는 보건실"이라는 문장을 집어넣은 겁니다. 그런데 이렇게 단순한 설명을 늘어놓으면 소설의 분위기와 맛, 리듬이 깨져버립니다. 기본적으로 소설에서는 정성스러운 묘사를 자연스럽게 쌓아가며 장소 정보나 생각, 감정을 전하는 것이 좋습니다.

……카레라이스를 급하게 입에 넣었다.

B가 조용히 보건실 문을 여니 A는 벌써 창가 침대에 앉아 무료함을 달래듯 스마트폰을 만지작대고 있었다. 교정에서는 축구부가 연습을 하는지 "볼 아직 안 죽었어!" "그런 말 할 시간 있으면 네가 가서 살려" 같은 웃음 섞인 말이 들려왔다. 서쪽 하늘의 해가 A의 등을 비췄다. 꼭 감귤 요정이 달라붙어 있는 것 같았다. "할 얘기란 게 뭔데?" B가 일부러 퉁명스럽게 물었다.

앞뒤 상황이 아주 선명하게 드러나지는 않지만, 그래도 보건실로 장소가 바뀌었다는 사실이 더 자연스럽게 전해지지요? 뿐만 아니라 이렇게 수정하면 실내 공간과 A의 상태를 묘사하는 동시에 대략적인 시간 정보도 전달합니다. B가 A에게 품은 기대(고백받을지도 모른다는)와 감정(귀엽고 매력적이라는)을 독자에게 전할 수도 있고요. 부족한 예문 탓에 잘 안 느껴질 수는 있으나 모쪼록 각자 집필하실 때 이 부분을 염두에 두어 노력해주시기를 바랍니다.

그리고 스치듯 지나간 축구부원의 대화 역시 추가적인 기능을 할 여지가 생깁니다. 예컨대 "볼 아직 안 죽었어"라는 말은 앞으로의 전개를 암시하는(B의 기대와 달리 A의 얘기란 고백도 무엇도 아니었지만 그래도 포기하지 않고 과감히 볼을 살리러 가는 B) 복선이 되어, 전개와 호응하는 지점을 만들어냅니다(축구부원이 사랑의 큐피드가 되어 "볼은 가서 살려야 볼이지!"라고 응원하면 거기서 깨달음을 얻고 '그래, 그때 보건실에서도 이 말 들었는데' 생각하는 B).

"여기는 보건실"이라는 간단한 설명으로 끝내버리면 소설이 움츠러들고 맙니다. 미처 생각지 못한 전개로 뻗어나가는 순간도 오지 않을뿐더러 앞으로의 전개를 신중히 생각하고, 늘 최선의 문장 표현을 하도록 유념하는 습관도 들일 수 없습니다. 그저 편하다고 설명으로 도망치는 건 백해무익한 에너지 절약 방법입니다. 에너지 절약은 철자를 틀리지 않게 등장인물 이름을 미리 컴퓨터에 단축키로 추가해두는 걸로 해주세요.

설명이 끼어들면 소설이 세련되지 않게 보일 위험도 커집니다. 소설이 태생적으로 가지는 시점 문제가 두드러지기 때문입니다. 다섯 번째, 여섯 번째 접시에서 인칭(시점)에 대해 이미 설명드렸지만 일인칭이든 삼인칭이든 소설은 '누가, 누구를 향해, 왜 이렇게 논리 정연하게 이야기하는가' 하는 문제에서 벗어날 수 없습니다. 소설이 지극히 인위적인 서술로 성립되기 때문입니다. 인위적인 서술을 자연스럽게 보이게 하려면 묘사를 잘 활용해야 합니다.

"여기는 보건실"이라고 설명을 해버리면 독자는 그 순간 "뭐야, 갑자기 누가 말을 하네! 작가가 튀어나와서 가르쳐주기라도 하는 거야?" 하고 흥이 깨지고 맙니다. 독자가 작가의 존재를 의식하지 못하게 작품 뒤에 몸을 바짝 웅크리면서 등장인물이 어디 있고, 무엇을 하고, 어떤 걸 느끼고 이야기하는지 자연스럽게 전하기 위해서는 묘사가 반드시 필요합니다.

투고작 중에는 소설의 첫 줄부터 불쑥 이렇게 시작하는 경우도 있었습니다.

나, 하나코. 열네 살.

설명으로 시작하는 수법이죠. 이는 크나큰 발명으로, 주인공이 어떤 사람인지 바로 알 수 있고 주인공이 독자에게 직접 말하는 듯해 단숨에 친밀한 존재로 부상하는 효과가 있습니다. 그러나 약간 낡은 기법처럼 보일 우려가 있습니다. 또 왜 주인공은 독자에게 이렇듯 논리 정연하게 말을 거는가 하는 의문에서 궁극적으로 자유롭지 못하고요. 이 수법을 택할 때는 소설의 서술은 역시 인위적이라며 독자가 현실로 돌아가버리지 않도록, 주인공이 독자에게 직접 말을 하는 형식을 끝까지 유지해야 합니다. 그러다 보면 쓰는 사람으로서는 다소 자유롭지 못한 지점도 생길 터. 그래서 저는 소설의 전략이나 계획이 빈틈없이 준비된 경우가 아니라면 설명에 그치지 않는 묘사를 쌓아가는 쪽이 좋다고 생각합니다.

물론 모든 걸 묘사해버리면 집요해지는 부분도 있고, 이야기가 앞으로 나아가질 않습니다. 조절하기가 무척 어려운 부분인 거죠. 예를 들어 저는 어느 에세이에서 마지막 한 문장을 이렇게 썼습니다.

망각을 허락하지 않고, 여름 하늘은 올해도 파랗다.

'파랗다'는 단순한 설명에 불과합니다. 그렇지만 하라 다미키의 소설 《여름 꽃 夏の花》(히로시마 원폭 이야기)에 대한 에세이였기에 장황하게 묘사할 필요는 없다고 판단했습니다. 파랑에 대해 독자가 이런저런 생각을 할 거라 믿었으니까요. 에세이가 아

니라 소설이라도 마찬가지입니다. 때에 따라서는 아예 설명으로 끝내는 것이 여지를 만들어낼 수 있습니다.

저도 "이 부분은 묘사가 아니라 설명이 되어버렸네요" 하고 지적받은 적이 있습니다. 저의 첫 작품 《격투하는 자에게 동그라미를》의 원고를 읽은 에이전시 직원분께 들은 말이었죠. 정확한 문장은 잊었지만 대략 이런 느낌이었습니다.

바깥은 날씨가 좋다는데, 나는 이렇게 저린 발과 싸우고 있다. 창문이 잘라낸 하늘을 멍하니 바라보고, 다시 실내로 시선을 돌렸다.

"날씨가 좋다"라는 설명이 문제라는 지적을 받고 소설에서는 묘사가 중요하다는 점을 깨닫게 됐습니다. 수정을 거쳐 실제 출판된 책의 문장은 이렇습니다.

바깥은 청명한 오월이라는 표현이 잘 어울리는, 우주까지 이어진 날씨라는데 나는 이렇듯 저린 발과 싸우고 있다. 창문이 잘라낸, 시릴 정도로 푸른 하늘을 멍하니 바라보고는 다시 실내로 시선을 돌렸다.

이제 와 다시 보니 그다지 특별한 점 없는 묘사인 것 같지만 수정한 원고를 보여드렸을 때 에이전시 직원분은 "그래요! 이거예요!" 하고 무척 기뻐해주었습니다. 역시 칭찬은 사람을 자라게 하는 법입니다.

그 뒤로는 귀찮은 마음에 도망치고 싶어도 힘을 내 되도록 정확하고 자연스럽게, 딱 좋은 정도로 묘사를 쌓아가자고 유념하고 있습니다. 거듭 말씀드리지만 최적의 묘사를 생각하는 것은 소설을 전체적으로 살피는 작업과도 연결됩니다(복선이나 암시가 된다는 점에서). 등장인물의 생각이나 감정, 행동을 떠올릴수록 인물에 밀착하는 기회도 생기고, 독자는 이 문장을 어떻게 읽을지 상상하는 객관성도 기를 수 있습니다. 그러니 어떻게든 끈기 있게 묘사를 쌓아가세요. 단, 끈기가 지나치면 묘사만 계속돼 이야기가 앞으로 나아가지 않고 장황해지므로 자연스럽게 조절하는 방법을 찾아야 합니다.

어려운 요구입니다만, 비유하자면 '어? 이 낫토*는 섞어도 실이 별로 안 생기네?' 싶은 정도가 좋습니다(낫토를 섞을 때 생기는 하얀 실이 묘사라고 보면 됩니다). 앗, 이건 발효가 너무 돼서 상해버렸네! 먹으면 배탈 나겠는데!

* 대두의 균을 이용해 발효시킨 일본 전통 식품.

묘사 정도를 조절하는 방법을 떠올리기가 너무 어려워서 딱 맞는 비유를 찾지 못하고 말았습니다. '비유의 미우라'라고 불리건만……(허풍 떨기)!

묘사가 과하면 지나친 낫토 실 섭취로 사흘이나 입이 끈적거릴 위험이 있습니다. 그렇다고 설명만 늘어놓으면 낫토 없이 주야장천 맨밥만 먹게 될 위험이 있고요. 누구나 실패를 경험하면서 어른(?)이 됩니다. 기죽지 말고 묘사 정도나 분량, 빈도를 미세하게 조정해나가세요.

소설 쓰는 자세 편
본점에 들려온 고객의 소리 I

〈웹 매거진 코발트〉에 글을 연재하는 동안 소설 쓰기에 대한 고민과 질문을 모집했는데요, 감사하게도 다양한 고민과 질문을 많이 보내주셨습니다. 도착한 내용 중에는 고민이나 질문뿐 아니라 연재 응원이나 제 작품에 대한 감상도 있어서 무척 기뻤습니다. 그런데 한편으로는 대단히 면목 없고 죄송스러웠습니다. 제가 매번 더는 쓸 게 없다고 징징거리는 바람에 '그냥 두면 도시가 무너지겠는걸, 괴수를 잠재우려면 질문이나 감상을 보낼 수밖에 없겠어!' 하고 마음을 쓰신 것 같아서요.

모쪼록 정말 감사드립니다! 덕분에 괴수는 정신이 들어 날뛰기를 멈추고, 도착한 이야기를 진지하게 살펴보았습니다.

"그 괴수는 날뛰거나, 점심밥 배불리 먹고 예능 프로그램을 보거나 둘 중 하나야. 내 조부 대부터 전해 내려오는 이야기지. 그런데 최근에는 얌전히 책상에 앉아 있는 것 같더라고. 무슨 일이지?"

괴수 생태에 해박한 마을 노인도 수상히 여길 정도로, 레이와* 최초로 진지함을 발휘했답니다!

레이와 시대는 이제 막 시작되었으니 제 진지함이 별거 아니라고 생각하는 분도 있을지 모르겠습니다. 하지만 레이와 최초라는 말을 예능 프로그램에서 얼마나 해대는지(역시 예능 프로그램을 보고 있었네 같은 지적은 아껴주세요), 저도 본때를 보여주고 싶었다 이 말입니다. 레이와 최초의 진지함 맛 좀 보시라!

바보 같은 소리는 얼마든지 쓸 수 있는 특기를 발휘하고 있자니 이야기가 앞으로 나아가질 않네요. 아, 고민 중에는 이야기가 앞으로 나아가질 않는다는 사례도 있었습니다. 저처럼 바보 같은 소리를 무심코 늘어놓는 탓일 텐데, 우선은 신경 쓰지 말고 마음껏 쓰셔도 될 것 같습니다. 거짓말입니다! 아니, 사실 반은 진심입니다. 이 고민은 구상이나 구성과 관련이 있기 때문에 차근차근 제대로 생각해서 답변드리겠습니다.

진지하게 검토해본 결과, 고민이나 질문의 경향을 몇 가지로

---

*　　일본의 연호로 2019년부터 시작됐다.

분류할 수 있었습니다. 앞으로의 세 접시를 통해 최대한 답변드리려고 하는데요, 질문 주신 분들께 개별적으로 답변드리지 못해 아쉽지만 비슷한 고민을 가진 사람이 많다는 사실이 조금은 위안이 될 겁니다. 답변 내용이 조금이라도 참고가 되면 좋겠습니다.

먼저 소설 쓰는 자세 편입니다. 여기서 자세란 거북목 따위가 아니라 쓸 때의 환경이나 마음가짐을 가리킵니다. 전달받은 질문은 제가 임의로 요약해 적었으니 양해 부탁드립니다.

소설 쓰기에 집중할 수 있는 환경 만드는 법(구체적으로는 책상 꾸리는 법)에 대해 알려주세요. ─모에코 씨

초장부터 난도 높은 질문이 들어왔습니다. 이건 뭐, 사람마다 제각각입니다. 카페를 이리저리 돌아다니며 쓰는 분, 자기 집 식탁에서 쓰는 분, 집과 별도로 작업실을 두고 쓰는 분 등 다양합니다. 저의 경우를 말하자면 저는 집에 있는 작업실에서 쓰는 편입니다. 어쩔 수 없이 카페나 출장지의 호텔에서 쓸 때도 있는데요, 에세이는 어찌 쓴다 해도 소설은 작업실 책상이 아니면 제대로 집중이 잘 안 됩니다. 카페든 어디든 좋습니다. 쓸 맛이

나는 공간을 찾아 습관을 들이는 게 중요합니다.

제 작업실과 책상은 종이, 자료, 문구 등으로 정신없이 어질러져 있습니다. 정리 정돈 능력 같은 건 전혀 없는 셈이죠. 다른 방은 아직 주거지 느낌을 유지하고 있지만(책장에 꽂히지 못한 책과 만화책 들이 바닥 여기저기에 쌓여 있지만), 작업실만은 완전히 엉망입니다. 정돈할 시간에 글을 쓰겠다는 공격적인 자세라고 생각해주세요. 짐작하신 대로 집안일 중 청소를 제일 싫어하고 또 못하기도 하지만, 작업실이 엉망인 상태에서 안정감을 느끼는 것도 사실입니다. 만약 저와 다르게 깨끗한 걸 좋아하는 분이라면 작업 능률을 높이기 위해 책상 주변을 정돈하는 편이 좋겠네요.

말인즉 각자 체질에 맞는 장소, 환경을 찾아 나서는 수밖에 없습니다. 어떤 컴퓨터나 프로그램을 사용할지도 마찬가지고요.

체질에 맞는다는 것은 그만큼 습관 들이기가 쉬워진다는 뜻입니다. 체질에 전혀 맞지 않고, 좋아하지도 않는데 아침마다 커피를 마시는 사람은 없죠. 체질에 맞으니까 계속할 수 있고 또 습관을 들일 수 있는 것입니다. 그러니 머무는 동안 기분이 좋아지는 환경을 찾아보세요. 다소 기분이 안 나는 날이라도 그곳에 가 조금이라도 써보겠다고 마음먹는다면 파블로프의 개처럼 마음이 반응할 것입니다.

집필 시간도 마찬가지입니다. '평일 아침 9시부터 저녁 6시까지' 같은 식으로 정해두고 쓰는 게 체질에 맞는 사람도 있고, 빈틈없이 정해두면 상태가 안 좋아져서 기분에 따라 쓰는 사람도 있을 것입니다. 절대적인 법칙 같은 건 없으니 무리하지 말고, 자기 나름대로 페이스를 정해 써나가면 됩니다.

그리고 '인간은 기본적으로 집중이 안 되는 존재다' 하고 적당히 체념해주십시오. 방이 약간(상당히) 더러워져도 죽지는 않습니다. 에피소드나 대사가 떠오르면 이면지에 연필로 조금씩 끄적여도 좋습니다. 집중이 안 되는 이유에 대해 너무 깊이 생각하지 마세요. 본인에게 편안한 장소에서 순간을 즐기면서 소설 쓰기에 임하면 됩니다.

제 작품의 어디가 안 좋은지 알 수 없어질 때가 있는데요, 주위에 소설을 읽어줄 사람이 별로 없어 누구한테 조언을 받으면 좋을지 고민됩니다. - 유즈카 가이 씨 등

이런 질문을 주신 분들은 본인 작품의 임팩트가 약한 것 같다든지, 구성이 좋지 않은 것 같다든지 객관적인 분석도 덧붙여주셨습니다. 그러니 괜찮습니다! 누구에게나 내 작품의 어디가 안 좋은지 알 수 없어지는 때가 있습니다. 모두가 완벽하게 안다면

이 세상에 부족한 작품은 없겠죠. 하지만 부족한 작품이 사라지지 않고 있다는 건…… 아야, 제 정수리에 망치를 두드리는 것 같은 말을 해버렸네요.

자기 작품을 판단하는 것은 그만큼 어려운 일이고, 쓰는 중에는 마음이 약해지게 마련입니다. 그런데도 여러분은 고민하고 헤매는 과정을 거쳐 자기 작품을 분석해낸 겁니다. 그러니 좀 더 자신감을 가져주세요.

본인의 작품에 정열과 노력을 가장 많이 기울일 수 있는 건 작가 자신입니다. 남김없이 쏟아부었기에 독자에게 잘 전해지지 않거나 인정받지 못하면 속상한 마음이 드는 거죠. 마음이 그렇게 움직이는 건 당연합니다. 저도 걸핏하면 내가 쓴 게 훨씬 재미있다며 툴툴거리곤 합니다.

당연한 말이지만, 창작물은 기록이나 점수로 승패가 확실히 갈리는 경기와 달라 느끼는 방식이나 취향이 천차만별입니다. 어떤 영화에도 반드시 좋은 구석이 있다는 요도가와 나가하루 영화 평론가님의 말처럼 누가 쓴 소설이라도 반드시 좋은 구석은 있습니다. 나쁜 구석이나 잘 쓰이지 못한 구석도 있겠지만, 그 역시 흠이 아니라 개성이나 매력이라고 긍정적으로 생각하고 싶습니다(절실)!

내가 쓴 게 훨씬 낫다는 생각은 역시 단순한 질투로구나, 반성하는 나날입니다. 툴툴거릴 시간에 어떻게 하면 독자에게 더 잘 전해지게 쓸지 시행착오를 거듭하는 편이 낫다는 생각도 들고요. 그러니 자기 작품을 객관적으로 판단하면서, 계속해서 정열과 노력을 기울여 써주세요. 독자의 마음에 가닿기를 바라며, 사랑을 담아서요. 사랑이란 무언가 한 가지(이 경우에는 자기 작품)에 깊은 애정을 품는 것인 동시에 이해를 향한 희망을 품는 것입니다. 자기 작품에 애정을 갖는 일과 작품을 통해 타인과 이해를 쌓길 바라는 일은 양립할 수 있으며, 둘 다 똑같이 중요합니다. '객관적'이라는 단어가 차갑게 들릴지 몰라도, 진정한 객관이란 서로를 더 이해하고 싶은 사랑에서 비롯된다고 생각합니다.

서로 이해하기 위해서라도 작품에 대한 조언은 꼭 필요하다고 생각하는 분도 있을 듯합니다. 누군가에게 읽어봐달라고 하고 조언을 받는 게 좋을지 고민하는 분들이 많구나, 보내주신 질문을 읽으면서 느꼈습니다.

솔직히 말씀드리자면 꼭 조언을 받아야 하는 건 아닙니다!

이 책의 정체성을 뿌리째 흔드는 말입니다만 그래도 진심입니다. 이유를 설명하겠습니다.

먼저 첫 번째로, 자기가 쓴 것에 대해 (완벽하게는 무리더라도 어느 정도) 스스로 판단할 수 없는 사람은 소설 쓰기에 별로 적합하지 않기 때문입니다. 그럼 어떻게 하면 판단할 수 있을까? 이것 역시 소설을 읽어온 경험을 통해 길러진다고 말할 수 있습니다(소설을 읽지 않아도 훌륭한 작품을 써내고, 자기 작품을 제대로 판단할 수 있는 천재 작가도 있겠지만 저는 아직 본 적 없습니다). 대단하다고 여겨지는 이상적인 소설을 꾸준히 접하면 나의 부족함을 알게 됩니다. 어떻게 하면 참신하고 재미있는 소설을 쓸지 고민하며 써나갈 수 있게 되고요. 서두를 필요 없으니 재미있고, 좋은 소설이라 느껴지는 작품을 마음껏 즐겨주세요(소설뿐 아니라 다른 창작물이어도 좋습니다). 나는 왜 이게 좋은지, 창작물의 재미는 어디서 빚어져 나오는지 분석하는 것도 중요합니다.

분석이라고 하지만 어렵게 느끼실 필요는 없습니다. 생각해본다, 언어화해본다 정도의 의미입니다. 창작물을 즐기고 생각하는 과정을 반복하다 보면 자신이 좋아하는 것, 쓰고 싶은 것, 자기 작품에 부족한 것 등 많은 부분이 보일 것입니다.

창작물을 좋아하는 친구나 동료, 가족이 있다면 재미있게 본 작품에 대해 수다 떨듯 감상을 나누고, 작품을 추천받아 읽는 것도 좋습니다. 누군가에게 말하면서 사고가 새로운 단계로 진입할 때도 있거든요. 다른 사람의 감상을 알 수 있어 재미있고, 글쓰기에 참고할 수도 있고요. 추천을 받음으로써 자신의 안테

나에 걸리지 않은 걸작을 만날 수도 있습니다.

단, 자기 작품을 주변 인물과 나눠 읽는 일은 그리 추천하지 않습니다. 친하다고 마음 놓고 혹평을 해서 싸움으로 번지기도 하고, 너무 마음을 쓴 탓에 솔직한 의견을 나누지 못하는 등 별로 좋은 점이 없기 때문입니다.

저는 가까운 사람에게 제 소설에 대한 감상을 들으려 한 적이 없습니다. 친구들이 아주 가끔 "그 책 읽었어, 좋던데?" 하고 말해주면 기뻐서 하늘로 껑충 날아오를 것 같지만요. 대부분의 친구와는 책에 대해 이야기하지 않지만, 책이 별로였다는 신호가 아니라 출간 사실을 모른다는 신호로 해석하고 있습니다. 긍정의 힘!

조언이 필요 없다고 생각하는 두 번째 이유는 꼭 맞는 조언을 해줄 사람이 무척 드물다는 것입니다.

으…… 또 제 목 조르는 말을 해버렸네요. 이 책의 신빙성과 직결되는 문제적 발언! 정말 죄송합니다. 연재를 계속하는 동안 조언은 정말 쉽지 않은 일이라는 걸 다시금 통감했습니다.

독서량이 아무리 대단해도 비평적 안목이 있는 건 또 다른 문제입니다. 게다가 실제로 작품에 도움이 되는 비평이 가능할지 생각해보면 난도는 더 높아집니다. 딱 맞는 사람을 찾아 자기 작품을 읽어봐달라고 하기까지, 그 여정이 얼마나 험난할지 짐작되시죠?

프로 소설가도 쓸 때는 혼자 씁니다. 편집자가 이곳저곳 살피며 조언해주지도 않고, 작가 스스로 모든 걸 판단하며 묵묵히 써 내려갈 수밖에 없습니다.

다 쓴 뒤에는 편집자나 교열 담당자가 "이 부분은 조금 어렵지 않을까요?" "이 부분의 시간 순서가 어색합니다" 하고 조언과 지적을 해주기도 합니다. 하지만 모든 편집자가 정확한 조언을 해준다는 보장 또한 없습니다. 원고 읽는 걸 어려워하는 분의 경우 조언이나 지적을 전혀 안 하기도 하거든요. 그럼 왜 편집자 일을 하는지 모르겠다고 생각하실지 모르지만 그런 분들은 띠지 카피나 표지 디자인 방향을 잘 잡는다든지, 원고를 잘 읽는 것과는 또 다른 능력을 갖춘 경우가 많습니다. 소설에 대한 취향이나 평가 기준이 다양한 것처럼, 편집자로서의 역량도 다양한 것이죠.

따라서 원고를 다 쓴 뒤에는 조언이나 지적이 있든 없든 스스로 판단하는 것이 중요합니다. 그런 다음 첫 독자나 다름없는 편집자가 의견이나 감상을 주면 담담히 귀를 기울이고, 지적받은 내용을 작품에 반영할지 차분하게 검토해야 합니다.

데뷔 전에는 편집자도 교열 담당자도 없을 테니 꼭 맞는 조언을 해줄 독자를 만나기는 더욱 어려울 것입니다. 혹시 운 좋게 만났다고 해도 결국 작품에 있어 최선의 길을 판단하는 것은 작가 자신입니다.

최근에는 온라인에서 작품을 발표하고 감상을 듣거나 비평을 주고받을 수 있다고 들었습니다. 기본적으로는 좋은 일이지만 너무 휘둘리지 않는 게 좋을 것 같습니다. 여러 번 설명했듯 작품에 도움이 될 만한 비평을 해줄 수 있는 사람은 별로 없으니까요. '쓰는 중에는 오롯이 혼자이며, 작품에 대한 평가를 받아들이고, 평가의 의미를 차분히 생각하고, 이후 작품에 어떻게 활용할지(아니면 무시하고 내 갈 길을 갈지) 판단하는 것은 오직 내 몫이다'와 같은 각오로 임하지 않으면 공연히 당황해 헤매기만 할 것입니다.

독자의 반응(감상이나 비평)을 바라는 마음이 지나치게 강할 경우 조잡한 소설을 다량 제작할 위험이 있습니다. 언제까지나 샘솟는 정열이란 없습니다. 정열 역시 사랑과 마찬가지로 온도가 낮아지다 식어가기 마련입니다. 그런 귀중한 정열을 데뷔 전부터 쓸데없이 소진하는 건 좋지 않습니다. 작품을 쓰고 싶다는 마음이 진심으로 우러나오지 않는데 독자의 반응을 바라는 마음에 무리하게 쓰다 보면 언젠가는 지치고 말 겁니다.

앞에서 독자에게 전해지게 써야 한다고 설명한 내용과 모순되는 듯하지만, 저는 쓰는 동안에는 독자의 의견이나 감상에 대해서는 생각하지 않습니다. 책으로 나온 뒤에야 궁금한 마음에 감상을 검색해보죠.

작품에 집중해 작품을 더 좋게 만들기 위한 판단을 하며 쓰는 것. 이것이 곧 독자에게 잘 전해지게끔 쓰는 일이라고 생각합니다. '독자들이 좋아할까?' '반응이 좀 있을까?' 같은 생각에 빠져 쓰는 것은 쓸데없는 사념을 쫓는 일입니다. 작가의 의도대로 읽어주기를 바라는 열망의 발로라고 할지언정, 독자와 소설을 만만하게 보아서는 안 됩니다.

앞에서 말씀드렸듯이 저는 책이 출간되면 독자의 감상을 인터넷에 검색해보곤 합니다. 하지만 이 방식도 사실 별로 추천하지 않습니다. 혹평을 접하고 충격에 사로잡히는 분도 있기 때문입니다. 저는 맞는 걸 꽤 즐기는 편이라 "엄청난 혹평이군" 하고 더 깊이 생각하지 않습니다. 개중에는 "정말 맞는 말이다, 다음부터 조심해야지" 하고 자세를 고치게 만드는 의견도 있기에 계속 살피고 있습니다만, 되는대로 쓴(그렇게 생각할 만한) 감상도 도무지 가볍게 넘기지 못해 기운을 빼는 분이라면 피하는 게 좋습니다.

본인의 소설을 더 좋게 만드는 것은 궁극적으로 자기 자신뿐입니다. 이 점을 잊지 말고 자신감과 책임감, 객관성과 정열을 갖고 써주세요.

소설을 쓸 때 인생 경험이 필요하다고 생각하시나요? ─ 다누키치 씨

왜 이렇게 어려운 질문만 골라서 하시는 걸까요? 저로서는 역부족이라고요!

아, 농담입니다(역부족이라는 건 사실입니다). 위의 질문은 어려운 만큼 대단히 중요한 질문입니다. 다누키치 씨는 감사하게도 질문에 대한 본인의 생각과 함께 고민의 이유도 덧붙여주셨습니다.

기본적으로 소설을 쓸 때 인생 경험은 그리 중요하지 않다고 생각합니다. 그도 그럴 것이 킬러가 나오는 소설을 쓰려면 살인한 경험이 있어야 한다는 논리는 어찌 생각해도 이상하니까요. 사람을 죽여본 적 없어도 킬러가 나오는 소설은 쓸 수 있습니다. 우리한테는 상상력이 있으니까요!

상상력의 원천이란 무엇일까요? 타인을 헤아리고 그에 공감하고, 그가 되어보는 능력과 지식이라고 생각합니다. 그리고 이것을 총체적으로 제어하고 축적하기 위해서는 언어 능력이 필요합니다.

우리는 실제로 만난 적 없는 사람이나 가공의 인물에 대해 상상하거나 깊이 생각해볼 수 있습니다. '지금 눈앞에 있는 친구

는 어떤 기분일까?' 곰곰이 생각해볼 수 있고, '내가 저 사람이라면 하루하루가 더없이 즐거울 텐데!' 싶은 마음이 드는 동경하는 인물이 있다면 그가 되어보며 황홀해할 수 있습니다. 책이나 영화를 통해 과거의 비참한 사건이나 현재의 문제점을 알게 되어 '어떻게 이렇게 참혹한 일이!' 의분에 떨거나 나라면 어떻게 할지 생각해볼 수도 있고요.

한 인간이 실제로 경험할 수 있는 일은 한정적입니다. 하지만 우리는 상상력을 통해 '나'라는 벽을 넘고, 시간과 공간을 넘어 누군가의 생각에 가까이 다가갈 수 있습니다. 또한 타인의 인생을 체험하는 기분을 느끼고, 그가 겪은 일을 알 수 있습니다.

상상력을 구성하는 중대한 요소는 언어입니다. 언어 없이는 섬세한 감정을 빚어낼 수 없습니다. 자기 자신은 물론 타인에 대해서도 섬세하게 느낄 수 없고, 이 세계 어딘가에서 일어나는 일이 정확하게 전해지지도 않을 것입니다.

'상상력이나 감수성은 더 감각적인 차원, 즉 감성에 속하는 게 아닌가?' 생각하는 분도 있겠지만 저는 언어가 가장 중요하다고 생각합니다. 언어를 획득하면 깊이 생각할 수 있게 되고, 사고를 통해 감정을 키울 수 있습니다. 타인과의 교류나 책을 통해 지식을 얻고, 그에 따른 감정을 언어화하며 찬찬히 생각해보세요. 이 과정을 반복하면 상상력과 감수성은 자연히 길러질 것입니다.

상상력을 구성하는 중대한 요소인 언어를 획득하기 위해서는 시간과 경험이 필요합니다. 외국어를 습득하려면 대단한 노력과 시간, 실천이 필요하죠? (저는 외국어를 공부한 적이 없어서 상상해서 말하고 있지만) 설령 모국어라고 해도 마찬가지입니다. 아기가 말을 곧잘 하게 되기까지는 조금씩 차이가 있겠지만 대략 삼 년은 걸릴 겁니다. 조리 있게 사고하고 다른 사람의 감정을 헤아릴 정도로 언어 능력을 갖추기까지는 그야말로 상당한 시간이 걸리겠죠. 상대의 기분을 헤아리지 못하고 바보 같은 소리를 늘어놓는 등의 실패나 시행착오의 경험을 쌓으면서 평생에 걸쳐 언어 능력, 나아가 상상력을 갈고닦는 것입니다.

스포츠나 음악, 수학, 바둑의 경우 어린 시절부터 재능을 발휘하는 사람이 있습니다(타고난 신체 능력이나 반복 훈련처럼 언어와는 다른 논리가 적용되는 분야라 그런 게 아닐까 추측해봅니다). 하지만 소설은 다릅니다. 십 대 초반의 나이에 후세에 길이 남을 소설을 쓴 경우를 들어본 적 있으세요? 많지 않을 겁니다. 시조나 시의 경우에는 있기도 하지만요. 시조나 시는 자수가 적고(세계를 단편화하는 감성), 정형이나 운율(리듬이나 음악성)이 중요한 구성 요소라는 점에서 가능한 것 같습니다. 반면 소설(특히 장편)은 상당한 자수를 소화해야만 합니다. 소설을 감성과 감각으로 쓰는 거라 생각하는 분도 있겠지만 제 생각은 다릅니다. 언어만으로 표현되는 소설은 당연하게도 언어적 논리성에 기초해 쓰입니다. 복잡한 기분을 언어에 담아 최선의 타이밍에 효과적으로 표현하려면 먼저 모든 걸 언어로 떠올리고, 언어로 실천해야 합니다. 그런 의미에서 어린 나이에 걸작을 써내기는 어렵지 않을까 싶습니다. 앞에서 설명했듯 언어를 획득하고, 언어에 의해 사고와 감정을 성숙시키고, 상상력을 단련하기 위해서는 어느 정도 시간과 경험이 필요하기 때문입니다. 그런 이유로 소설에 풍부한 인생 경험이 꼭 필요하지는 않지만, 소설을 쓰는 데 필요한 언어(상상력)는 시간을 들여 경험을 쌓으며 얻을 수밖에 없다고 생각합니다.

다누키치 씨는 작품 속 등장인물의 감정 표현이 어린애 같지 않을지 고민하는 듯했습니다. 어린애 같은 어른도 얼마든지 있으니 괜찮습니다만 그래도 신경이 쓰인다면 상상력을 발휘할 차례입니다. 주위 친구나 다른 이를 티 나지 않게 관찰하면서 어른에 대해 생각해보고, 그들이 되어보고자 노력하며 소설을 써보세요. 내가 아닌 누군가가 되는 것은 상상력이 있기에 가능한 즐거움이자 소설 쓰기의 즐거움이니까요.

내용이 길어졌습니다. 다음 접시에서는 문장에 대해, 계속 써나가는 비결에 대해 생각해보겠습니다.

세 번째 입가심

갑자기 딴소리

양말에는 늘 구멍이 납니다. 소설에 관한 비유가 아니라 그저 잡담이지만, 이건 실로 절실한 문제입니다. 제 양말은 꼭 엄지 발가락 쪽에 구멍이 나는데, 하필 그런 양말을 신었을 때 신발을 벗어야 하는 음식점에 가거나 마음에 드는 신발을 발견해 신어봐야 하는 일이 생기곤 합니다.

양말을 만들 때 엄지발가락 부분의 천 또는 봉제를 더 단단히 해야 하는 게 아닌가 생각하던 차에 뒤꿈치에만 구멍이 난다는 사람의 이야기를 들었습니다. 그때야 저는 양말이 아니라 개개인의 걸음걸이나 발 모양이 문제로구나 깨달았습니다.

더하여 세상에는 다닝darning이라는 기법이 있음을 알게 되었습니다. 지인이 일러준 것인데 버섯 모양 도구를 이용해 양말

등의 구멍을 자수 놓듯 예쁘게 휘갑치는 기법이었죠. 지인은 집 안에 있는 양말을 다 휘갑치고도 또다시 구멍 난 양말을 찾아 밤마다 방황하는 좀비 같은 존재가 되어버렸다고 합니다.

인터넷에서 찾아보니 정말 양말을 귀엽게 수선할 수 있는 모양입니다. 왜 빠져드는지 이해가 되더라고요. 기분 전환에도 도움이 되고, 양말도 오래 신을 수 있으니 그야말로 일석이조 아니겠습니까? 저는 큰맘 먹고 버섯 모양 도구를 클릭해 구입한 후 도착하기를 두근두근 기다리고 있습니다. 책 읽기도 그렇고, 왜 눈을 혹사하는 것에만 마음이 가는 걸까요?

문장 쓰기와 계속 써나가는 비결 편
본점에 들려온 고객의 소리 II

　다시 여러분이 보내온 고민과 질문에 답해보겠습니다. 계속 되는 더위로 뇌가 녹아버릴 것 같지만 냉방을 켜고 만반의 준비를 마친 상태로 임하겠습니다.

　그런데 하필 지금 에어컨 리모컨이 말을 안 듣는군요. 아무래도 건전지가 다 된 모양인데 잠깐 건전지 좀 찾아보겠습니다.

　여분의 건전지가 없어 근처 슈퍼에 다녀왔습니다. 왕복 십 분도 안 걸리는 거리이건만 경기에 나선 스모 선수처럼 땀이 뻘뻘 납니다. 이 원고는 스모 선수와 달리 완력이 약한, 온몸이 땀범벅인 생물이 쓰고 있다고 생각해주세요. 샤워할 시간조차 아까워하며 컴퓨터 앞에 앉은 제 진지함을 헤아려주십사 부탁드립니다(그냥 귀찮아서 그런 것도 맞습니다)!

무사히 에어컨도 가동했겠다 이제 문제없습니다. 먼저 문장에 관해 이야기해보겠습니다.

개성 있는 문장은 어떻게 만들 수 있을까요? 처음에는 누군가를 흉내 내도 괜찮을까요? -스즈메 씨 등

아무리 써도 기존 소설가의 문장과 비슷해지는 것 같다, 나다운 문장을 못 쓰는 게 아닌지 고민된다 등 비슷한 고민을 전해온 분이 여럿 있었습니다.

이 부분에 대한 제 생각은 명확합니다. 비슷해도, 흉내 내도 괜찮습니다. 아, 누군가의 문장을 그대로 베껴 쓰는 건 물론 안 됩니다! 문체가 비슷한 듯한 느낌이 들거나, 다른 소설가의 문체를 흉내 낸 것 같은 느낌이 들어도 크게 신경 쓸 필요 없다는 뜻입니다. 비슷한 것 같다는 자가 진단은 거의 100퍼센트 착각이기 때문입니다.

문장 리듬감이나 표현 방법 등에 있어 영향을 받는 경우는 있을 수 있습니다. 좋아하는 사람, 동경하는 사람에게 영향을 받아 자기도 모르는 사이 옷차림이나 동작이 상대와 비슷해지는 경우처럼요. 오랜 세월 함께한 부부는 풍기는 분위기뿐 아니라

얼굴 생김새까지 비슷해지는 일이 왕왕 있기도 하죠. 하지만 그렇다고 한 사람이 되는가 하면 당연히 그런 일은 일어나지 않습니다. 서로에게 아무리 영향을 받든 두 사람은 완전히 개별적인 인간입니다.

아무리 사랑해도 상대가 될 수 없다는 건 자명한 사실입니다. 문장(문체)이 비슷한 것 같다, 흉내 낸 것 같다는 걱정은 쓸데없는 걱정에 불과합니다. 서로 다른 인간이 각자의 사고와 감정, 리듬감과 어휘, 경험과 상상력 등을 동원해 써낸 문장이므로 누구와도 다른, 본인만이 만들어낼 수 있는 문장(문체)임이 분명합니다. 걱정하지 않으셔도 됩니다.

저는 나쓰메 소세키의 소설을 좋아하는데요, 혹시나 싶어서 상상해봤습니다. 소세키 선생님께 선생님 소설을 좋아한 나머지 문체가 비슷해진 것 같다고, 제 원고를 보여드리는 장면을요. 상상 속 소세키 선생님은 "흠, 어디가 와가하이*의 문체와 비슷하다는 것인가요?" 하고 코웃음 치시더군요(고양이를 '와가하이'라고 하는 거지 선생님 자신을 '와가하이'라고 지칭하지는 않는 듯하지만). 비슷하지 않다니 괜히 아쉽습니다. 어렴풋이 알고 있긴 했지만요.

---

* 일인칭 인칭대명사. 나쓰메 소세키의 《나는 고양이로소이다》의 일본어 원제는 '와가하이와 네코데아루'이다.

문체라는 게 좋아해서, 현재 읽고 있어서 비슷해질 정도로 단순한 것이라면 고생할 필요도 없을 겁니다. 세상에 이렇게나 많은 소설가가 존재할 리도 없고요. 문장을 계속 쓰다 보면 자연스럽게 각자의 문체와 개성이 배어 나오기 마련입니다. 그렇게 소설(나아가 창작물 전반)이 재미있게, 다양한 형태로 완성되는 것이죠. 좋아하는 소설에 영향을 받는 건 당연한 일입니다. 영향을 받아 따라쟁이가 된 건 아닌지 의문이 들어도 자신감을 가져주세요. 각자의 문장은 각자의 뇌가 만들어낸 고유의 문장이니까요.

그럼에도 여전히 흉내 낸 것처럼 느껴진다면 그 기분 역시 이해합니다. 소설이 언어만으로 표현된다는 점에서 창작자는 그런 기분에 사로잡힐 수 있습니다.

언어는 여러분이나 제가 새로 만들어내는 게 아닙니다. 이미 있는 것을 소설 표현에 사용하는 것이죠. 그래서 불안해지는 겁니다. 예를 들어 만화는 작가의 신체 감각이 작품에 더 직접적으로 드러납니다. 만화가의 근력이나 시선이 작가 고유의 선이 되어 나타나기 때문입니다. 그래서 만화의 딱 한 컷, 인물의 신체 일부만 봐도 누구의 만화인지 알 수 있는 경우가 많습니다(제가 만화 덕후라 그런 것만은 아닐 거라고 생각합니다). 그러나 만화 역시 모든 게 완전히 새로울 수는 없습니다. 어떤 만화가의 영향을 받았는지 짐작되는 경우도 있고, 컷 분할과 같은 기존 문법 역시 완전히 무시할 수는 없습니다. 세상 모든 창작물은 앞선 이들이 쌓아온 것 위에 성립되는 법입니다.

만화와 비교하자면 소설은 문장의 개성이 단번에 드러나지 않습니다. 이미 존재하는 언어를 사용하는 데다, 설령 자필로 원고를 쓴다고 해도 책이 될 때는 활자로 변환되기 때문에 어떤 사람이 썼는지 바로 밝혀낼 수 있는 명확한 표식이 없습니다(즉 신체 감각에 따른 개성을 느끼기 어렵다는 뜻입니다). 저도 다른 필명으로 소설을 발표하면 동일 인물인 걸 모를 거라고 자신합니다. 이 말은 제 문장에는 개성이 없다는 말이 될 수도 있으니 자신해도 되는지는 모르겠지만요.

관점을 달리하면 개성이라는 게 딱 그 정도라고 말할 수 있습니다. 그렇게 생각하면 왠지 마음이 편해지는데요, 하지만 그런 정도의 개성이라 해도 뇌를 최대한 쥐어짜 만들어내야 합니다. 그러다 보면 어느 틈엔가 고유한 문장과 문체가 완성될 테니 너무 걱정하지 마세요.

문장이 생각대로 써지지 않습니다. 묘사하고 싶은 게 있어도 말로 잘 표현이 안 됩니다. –니토 유키 씨

오다 가즈마사*의 명곡은 '말로 표현할 수 없는 기분을 가사로 만들어 멜로디에 얹는 게 노래'라는 기성의 개념을 뒤집어 '말로 할 수 없어**'라는 말을 가사로 활용했다는 점에서 혁신적입니다. '말로 할 수 없어'를 들어봤다면 이게 결코 쉬운 일이 아님을 아실 겁니다.

'말로 할 수 없어'의 후렴 부분은 허밍(?)과 "말로 할 수 없어"라는 가사로만 이루어져 있습니다. 하지만 후렴 전으로는 왜 말로 할 수 없는지 제대로 설명(묘사)해냅니다.

바로 이런 것입니다.

오다 가즈마사 씨를 본받아 말수를 최대한 아끼는 방식으로 요약정리해봤는데요, '이런 것'이 대체 뭐냐고 하실지도 모르겠습니다.

'말로 할 수 없어'에서 배워야 할 지점이 또 있습니다. 이 노래가 명곡으로 불리는 데는 앞서 말한 이유 외에 하나가 더 있는데요, 오다 씨가 아름다운 목소리와 멜로디로 절절히 노래한다는 점입니다. 노래를 듣고 있으면 말로 할 수 없는 게 당연하다고, 어떤 기분인지 다 전해지고 다 알겠다고 고개를 끄덕이게 됩니다.

---

*   일본의 싱어송라이터이자 음악 프로듀서.
**   오다 가즈마사가 보컬을 맡았던 밴드 오프코스의 히트곡 제목이자 곡의 가사.

그러나 문장으로만 표현해야 하는 우리는 말로 할 수 없다는 말과 그냥 이런 것이라는 말로 끝내서는 안 됩니다. 그렇게 해서는 아무것도 전해지지 않기 때문입니다.

아름다운 목소리와 멜로디가 없다고 절망할 필요는 없습니다. 앞선 오다 씨의 사례는 또 한 번 우리에게 제대로 답을 제시해주기 때문입니다. 말로 할 수 없을지라도 정성껏 묘사해나가는 것. 핵심 부분을 묘사하는 건 어렵더라도 핵심에 다다르기까지의 행동과 생각, 감정, 풍경 등의 묘사를 쌓아나가면 독자가 '아, 이런 기분이라면 정말 말로 표현이 안 되지' 하고 생각하게 할 수 있습니다. 독자 스스로 상상하게 할 수도 있고요.

묘사력은 어떻게 기르면 좋을까요? 전에도 살짝 말씀드렸듯 문장의 데생 능력을 기르는 것이 가장 빠른 방법이 아닐까 싶습니다. 평소 생활에서 느낀 바와 보고 들은 사건이나 풍경을 머릿속에서 즉시 문장화하는 훈련을 해주세요. 고르고13*의 생김새(?)를 말로 표현하기 어렵다는 말로 넘길 때가 아닙니다. 머릿속에서 모든 걸 언어화하는 순발력을 기릅시다. 스포츠 선수가 운동장을 돌거나 스콰을 하듯이, 화가가 데생하듯이, 소설 쓰는 사람도 매일 머릿속에서 문장 만들기라는 기초 훈련을 해야만

---

* 일본 만화《고르고13》의 주인공.

힘이 붙습니다.

 익숙해지면 특별히 의식하지 않아도 머릿속에서 늘 언어화하는 상태가 되겠지만(그만큼 뇌가 대단히 피곤해지니 적절히 휴식을 취해야 하는데, 이 점도 스포츠 선수와 똑같습니다) 생각대로 잘 안 된다는 분도 있을지 모르겠습니다. 그런 경우에는 어휘를 늘려봅시다. 예상한 말일지도 모르겠지만, 단어를 많이 익혀두면 표현을 하는 데 더 자유로워집니다. 더불어 문법 실력 또한 갖춰야 합니다. 어휘력과 문법 실력을 기르기 위해서는 역시 독서를 하거나, 사람과 대화하는 게 가장 좋을 것 같습니다. 상대(또는 지금 읽고 있는 책)가 뭘 말하려고 하는지 곰곰이 생각하고(머릿속에서 언어화), 모르는 말이 있으면 사전을 찾아보세요. 이 과정을 반복하면 어휘력과 문법 실력이 향상되고, 자기 생각을 막힘없이 언어화할 수 있게 될 것입니다.

 그 밖에 국어 독해 문제를 풀어보는 것도 도움이 될 듯합니다. 생각해보면 국어 독해 문제가 가장 어려웠다거나, 스스로 독해력이 없다고 말하는 소설가를 만나본 적은 없는 것 같습니다. 대부분 다른 교과는 낙제였어도 국어만은 누워서 풀어도 만점이었다는 식이었죠. 국어 문제를 누워서 푼 이의 비율이 다른 직업보다 높지 않을까 추측해봅니다.

 "시험은 요령만 있으면 어떻게든 풀 수 있다" "진정한 의미의 독해나 문장을 맛보는 것과는 다르다"라고 말하는 분도 있을 겁니다. 사실 제일 중요한 게 그 '요령'입니다. 출제자의 의도를 파악하는 요령. '내 생각엔 정답이 이건데, 선택지에 없는 것을 보니 상대가 생각하는 건 다른 무엇이겠구나' 하는 식으로 문장과 자기 생각을 분석하고, 상대의 마음을 읽어야 합니다.

현실 속 관계에서는 상대의 표정이나 음성, 알고 지내면서 쌓아온 경험치 등 다양한 정보를 종합해 판단해야 합니다. 하지만 국어 독해 문제의 경우, 언어만을 기준으로 검토하고 사고하기 때문에 기초 훈련으로는 좋을 것입니다.

대학 입시를 위한 것도, 소설가가 되기 위해 통과해야 할 자격시험도 아니므로 편하게 생각해주세요. 중요한 것은 자기가 즐겁게 임할 수 있는 방법을 찾아, 머릿속 문장화 훈련(데생 능력)이 몸에 익도록 신경 쓰는 것입니다.

문장의 완급 조절법이 궁금해요. - 야소하치 씨

문장이 비즈니스 문서 같아집니다. - 수염고양이 님

이런 목소리도 들려왔는데요, 야소하치 씨의 질문에 대한 답변은 앞의 '문장에 개성 담는 법'과 '문장이 생각대로 안 써집니다'에 대한 답변과 합치면 한판승이 되니 함께 읽어주시면 좋겠습니다.

그리고 감히 말씀드리자면 문장에 완급 조절이 안 된다고 느끼는 건 야소하치 씨 본인뿐일 겁니다. 혹시나 정말로 완급 조절이 안 된다고 해도, 그건 야소하치 씨가 빚어낸 유일무이한 문체이니 작정하고 완급 조절 없이 써보아도 멋있을 듯합니다. 부정적인 측면에서 진짜 완급 조절이 안 되는 상황이라면, 그건 곧 아직 뭔가를 자유롭게 표현할 정도로 문장을 구사하지 못한다는 뜻이므로 어휘력과 문법 실력, 데생 능력을 기를 것을 추천해드립니다.

문장도 신체를 가진 인간이 쓰는 것이기에 정말이지 익숙해지기 나름이랄지, 훈련(사고와 실천의 반복)이 꽤 도움이 됩니다. 훈련을 거치면 문장의 근력과 유연성이 향상되고 그 과정에서 리듬감도 생겨납니다.

수염고양이 님의 고민도 마찬가지입니다. '문장이 생각대로 안 써집니다' 부분을 참조해주세요.

그런데 비즈니스 문서 같은 소설이라니 대단합니다! 어떤 소설인지 읽어보고 싶을 정도예요. 저는 좀처럼 못 쓸 것 같거든요. 그러니 자신의 특색을 장점으로 승화할 수 있는 소재나 설정을 찾아보는 등, 발상을 전환해봐도 좋을 듯합니다. 소설이란 이러이러해야 한다는 생각에 너무 갇히지 마세요.

자, 이제부터는 계속 써나가는 비결에 대해 생각해보겠습니다.

소설 200매를 써낼 수 있을지 불안합니다. -나기사 씨

소설을 완결 짓는 비결이 있을까요? 제 문장에 절망하거나, 지리멸렬하다는 생각에 툭하면 쓰다 멈추게 됩니다. -미즈키 씨

비슷한 고민이 여럿 있었는데요, 다른 어떤 질문보다도 비장한 느낌이 가득했습니다. 완결이라는 먼 곳까지 가다가 비칠거리거나, 도중에 쓰러져 울고 있는 상황이겠지요. 정신 차리셔야 합니다! 일단 물을 한 모금 마시고 한숨 돌리세요. 200매든 2000매든 쓸 수 있습니다. 제대로 완결 지을 수 있습니다. 아무 걱정 안 하셔도 됩니다!

저도 창작을 막 시작했을 때는 '1000매라니, 다들 어떻게 쓰는 걸까? 나한테는 무리야'라며 딴 세상 이야기로 생각했습니다. 하지만 이제는 써도 써도 안 끝나 수습이 안 될 정도입니다. 길다고 다 좋은 것도 아니니 할 수 있는 한 착실하게 원고를 써나가며 완성까지 열심히 노를 저어가십시오. 결국 그게 가장 빠

른 길입니다.

소설을 쓴다는 행위는 종종 마라톤에 비유되곤 합니다. 저는 운동과는 거리가 멀어 당연히 장거리 달리기를 해본 적은 없지만, 비슷한 면이 있다고 생각합니다. 특히 장편의 경우 지구력과 근성(조금씩이라도 계속 써나가는 힘)이 대단히 중요하기 때문입니다.

앞에서 묘사력을 기르고 싶다면 문장 데생 능력을 갈고닦아야 한다고 말씀드렸는데요, 풍경이나 감정을 언어로 변환하는 과정에 익숙해지기 위해서는 우선 순발력을 키워야 합니다. 물론 머릿속에서 언어화하는 것과 실제로 문장을 빚어내는 것 사이에는 분명한 차이가 존재합니다. 화가도 데생 능력을 기르기 위해 크로키북에 연습할 때와 실제 캔버스에 그림을 그릴 때와는 들이는 시간도, 마음 쓰는 정도도 다를 것입니다. "이게 아니야!" 하고 물감을 덧칠해 다시 그리면서 시행착오를 거듭할 테지요.

소설도 마찬가지입니다. 기본적인 데생 능력은 절대적으로 필요하지만, 작업에 착수한 후부터는 지구력이 요구됩니다.

문장으로 데생하는 순발력을 길렀다면 쓰고 싶은 문장의 느낌이나 이미지 또는 문장이 구체적으로 떠오를 것입니다. 떠오른 바를 컴퓨터 화면(이나 원고지)에 한 줄 한 줄 착실하게 써 내려가다 보면 문장력이 향상될 것이고요. 어느 정도 완성이 되면 눈앞의 문장이 최선의 표현인지, 앞 단락 내용과 호응하는지, 전체적인 구성과 등장인물의 생각 및 감정을 살피면 됩니다.

몇 번씩 다시 읽고, 퇴고하며 끈질기게 집중해 1000매 넘는 분량을 완성해야 하니 시간이 걸리는 게 당연합니다. 마음이 내키고 글발이 좋을 때는 괜찮지만 중간에 막히면 무슨 얘길 쓰려고 했는지 길을 잃고 절망하게 되는 게 당연합니다. 기죽지 말고, 거북이걸음이라도 좋으니 완성을 향해 조금씩 나아가세요. 그게 최선입니다.

여기서 좋은 소식 한 가지. 예전에 장거리 선수를 취재하다 알게 된 것인데요, 순발력과 관련 있는 근육보다 지구력과 관련 있는 근육이 후천적인 노력으로 키우기 좋다고 합니다. 예컨대 100미터 달리기의 경우 선수가 갖고 태어난 근육의 질에 따라 결과가 크게 좌우되지만, 마라톤은 초보라도 훈련을 거치면 기록을 단축할 수 있다는 것이지요.

생각해보니 나이가 좀 있고, 운동에 소질이 없는 사람일수록 100미터 달리기보다는 조깅을 많이 하는 것 같습니다. 노력의 성과를 체감할 수 있어 재미있고, 자기 페이스대로 임할 수 있어서 그런 거겠지요. 물론 조깅도 하지 않는 저로서는 추측할 뿐이지만요.

문장 쓸 때의 순발력과 지구력에 대해서도 같은 이야기를 할 수 있겠습니다. 자신에게 맞는 방법으로 훈련하면 순발력이야 자연히 좋아지겠지만 갑자기 어휘량이 증가하는 일은 드뭅니다. 이미 상당수의 어휘를 익히면서 어른이 되었으니 성장의 여지도 적은 거죠. 훈련을 통해 순발력을 기른다 해도 눈이 휘둥그레질 정도의 성과는 얻기 힘들지 모릅니다(그래도 훈련은 꼭 하는 게 좋다고 생각하지만요). 하지만 한 줄 한 줄 착실하게 쓰며 지구력을 기른다면 결과는 훨씬 좋아질 겁니다. 작품을 완성할 때마다 거리(매수)도 늘려나갈 수 있고요. 쓰는 경험을 거듭할수록 생각은 더 깊어지고, 표현 방식에서도 다양한 선택지를 떠올리게 됩니다. 익힐 수 있는 어휘량에는 한계가 있지만 익힌 어휘를 어떻게 쓸까 생각하는 일에는 거의 무한한 가능성이 있는 것입니다.

어떤 어휘를 선택할지, 어떤 식으로 조합해 문장의 독자성이나 리듬을 만들어낼지 하는 부분은 작가의 감각이나 사고방식 등 개인적인 특색과 맞닿아 있습니다. 훈련으로 성격이나 가치관을 확 바꾸기는 어렵습니다. 무리해서 바꿀 필요도 없고요. 다소 시시하거나 비뚤어졌어도 소설에서 고유한 특색은 대단히 중요한 요소입니다.

지구력을 기른답시고 무턱대고 쓰는 것도 좋은 방법은 아닙니다. 어떤 코스인지도 모르는 채로 풀코스 마라톤에 나서는 마라톤 선수가 있을까요? 없습니다. 트랙이 총 몇 킬로미터인지도 모르면서 쓰러질 때까지 수십 바퀴고 달리는 사람이 있을까요? 이 또한 없습니다. 그런 식으로 달려봐야 쓸데없이 피곤해지기만 할 뿐 자칫하면 근육이 파열되고, 사망에 이를 수도 있다는 걸 모두 알기 때문입니다. 사전에 코스나 거리를 잘 파악해 페이스를 조절하고, 적절히 물을 마시며 달려야 장거리를 완주할 수 있습니다.

소설을 쓰다 막히거나 종착지를 잃어버려 도중에 쓰러져 우는 경우는 대부분 사전 준비가 부족한 탓이라 생각합니다. 충분히 구상하지 않았거나 구성의 완성도를 높이지 못한 것이겠지요. 코스를 파악하지 않고 성급히 출발하면 페이스 조절이나 수분 공급에 실패해 쓰러지고 맙니다.

여기서 말하는 구상이란 등장인물이나 무대의 설정, 쓰고자 하는 작품의 분위기입니다. 구성은 어떤 에피소드를 어느 지점에 가져와 어떤 식으로 이야기를 전개할지에 대한 것이고요. 구상이 먼저인지 구성이 먼저인지는 쓰는 사람에 따라, 작품에 따라 다릅니다. 대부분은 구상한 뒤에 구체적으로 구성을 짜지 않을까 싶지만, 구성을 짜면서 거의 동시에 등장인물이나 무대를 떠올리는 경우도 있으니 정말로 제각각입니다.

구상만 놓고 봐도 마찬가지입니다. 먼저 떠오르는 게 인물인지 무대인지 분위기인지, 역시 경우에 따라 다릅니다. 긴 매수를 쓰는 데 익숙하지 않을 때는 구상도 구성도 찬찬히 생각해 나름대로 완성도 있게 짜놓은 다음에 쓰기 시작하는 편이 좋습니다. 초조해하면 안 됩니다. 무계획은 계획에 없던 좌절을 초래합니다.

구상이나 구성을 너무 촘촘히 짜면 등장인물과 전개에 여유가 없어져 세트 앞에서 연기하는 마리오네트 인형 같아지지 않을까 하는 의문도 있을 수 있습니다. 맞습니다. 그럴 위험이 있다는 건 부정하지 않겠습니다. 그렇지만 길 한가운데서 쓰러진다면? 세트도 같이 딸려와 부서지고, 인형 줄도 똑 끊어지고, 보는 이를 당황스럽게 하는 상황이 벌어지겠죠. 등장인물이 저절로 움직이고, 이야기가 물 흐르듯 흘러가는 게 가장 이상적이라는 말을 할 때가 아닙니다. 말 그대로 생사가 위태로운 상황에서는 "번지르르한 말은 됐고, 코스 지도랑 물 가져와!" 소리치게 될 것입니다. 그러니 완성까지 노 저어가기(지구력을 키우는 훈련)를 목표로, 구상과 구성을 완성도 있게 짜도록 합시다.

등장인물이 저절로 움직이기 시작한다거나 이야기가 물 흐르듯 흘러간다는 말은 그럴듯하게 포장된 말입니다. 창작은 심령 현상이 아닙니다. 등장인물의 움직임도, 이야기의 흐름도 모두 작가의 뇌가 만들어내는 것입니다. 여기서 '뇌'란 작가의 몸이자 마음, 감정이자 사고입니다.

필사적으로 소설을 쓰다 보면 아드레날린이 분비되어 머릿속 차단기가 일순 내려가는지, 자신의 의지와는 관계없이 등장인물이 움직이거나 이야기가 흘러가는 듯 느껴질 때가 있습니다. 하지만 그건 착각입니다. 그 순간에도 뇌는 스스로 생각하고 느끼면서 필사적으로 쓰고 있을 것입니다.

단, 그런 느낌이 들 만큼 확 빠져 쓰기 위해서는 작은 비결이 필요합니다. 소위 '글발 받는' 상태로 자기 자신을 가져가는 것입니다. 꽉 막힌 상태로 한 문장 한 문장 끙끙거리며 써서는 아드레날린이 분비되는 상황에 다다르지 못합니다.

아무리 힘겨워도 앞으로 2킬로미터만 더 가면 급수대가 있다는 점을 안다면 앙버틸 수 있습니다. 여기서부터 계속 오르막인 점을 안다면 숨차지 않게 신중히 가보자고 페이스를 조절할 수 있고요. 코스를 사전에 파악해두었다면 원활하고 안전하게 달리는 데만 집중할 수 있습니다.

창작 역시 마찬가지입니다. 글발이 받기 위해서는 구상과 구성을 완성도 있게 짜는 게 도움이 됩니다.

다음 접시에서는 구상이나 구성의 완성도를 높이는 방법에 대해 좀 더 구체적으로 살펴보겠습니다.

구상과 구성, 등장인물 편
본점에 들려온 고객의 소리 III

지난 두 달간 저는 이런저런 고난을 겪었습니다. 고난의 실상은 부주의로 인해 왼발 엄지발톱이 통째로 떨어져 나감, 잘 싸매고 걸어 다니던 중 요통이 생김, 연이은 출장, 원고 위기, 산다이메 콘서트, 원고 위기, 다시 산다이메 콘서트와 원고 위기로 요약할 수 있습니다.

'얼마나 부주의하면 엄지발톱이 떨어져 나가?' '고난을 겪게 된 원인이란 주로 산다이메 콘서트네? 그럼 자업자득인데?' 등 이런저런 감상과 의견이 나오겠지만, 아무것도 안 들리는 척하면서 사뿐히 즈려밟고 가보겠습니다. 구상과 구성의 완성도 높이기라는 중요한 문제에 대해 생각해야 하니까요!

흔히 에세이든 소설이든 도입 부분과 본편이 자연스럽게 연결되는 게 좋다고 합니다. 이번 접시를 예로 들자면 엄지발톱이 떨어져 나간 이야기나 산다이메 콘서트 이야기가 앞으로의 전개와 연결되면 구성이 좋고, 복선 까는 솜씨가 대단하다 할 수 있겠지요.

예고해드리지만 앞으로의 이야기에는 엄지발톱도 산다이메도 등장하지 않습니다. 당연하죠. 엄지손톱이라면 그런대로 집필에 영향을 미치겠지만 떨어져 나간 건 엄지발톱이고, 저는 산다이메와 아는 사이도 아니니까요. 따라서 앞으로의 전개에 영향 미칠 일이 전혀 없습니다. 도입이 붕 뜬다, 복선이 제 기능을 못 한다, 구성이 실패했다 등등 이런저런 말들이 나오겠지만 그저 근황 공유 차원에서 써보았습니다.

솔직히 말해 저는 복선을 무조건 중시하는 요즘의 풍조에는 동의하기 어렵습니다. 인생에 복선 같은 건 없으니까요. 창작물의 복선은 작가가 의도적으로 깔아놓은 것이니 대단하다, 멋지다 생각은 합니다만 더 대단하고 멋진 부분은 소설의 다른 지점에서 발견하는 경우가 많습니다.

물론 추리소설이라면 이야기는 달라집니다. 아무런 복선 없이 진실이 바로 드러나면 "아무리 그래도 이건 너무 갑작스럽고, 공정하지 않잖아!" 하게 되죠. 하지만 제가 추리소설을 읽으면서 주로 마음을 빼앗기는 부분은 굳이 특별할 것 없는 정경 묘사라든지, 탐정과 조수의 성격이 엿보이는 대화라든지, 범행에 이르기까지의 범인의 생각과 감정을 그리는 부분입니다. 이런 부분이 있기에 비로소 참신한 속임수나 긴장감이 돋보이는 것이지, 특별히 복선에 감동받지는 않습니다.

이건 취향 문제일지도 모르겠습니다. 예를 들어 저는 폴 토머스 앤더슨 감독의 영화 〈매그놀리아〉를 볼 때도 이렇다 할 느낌이 거의 없었습니다. 구성이 대단하고, 복선이 촘촘하구나 생각했지만 '그래서 뭐가 어떻다는 건데!' 하며 씩씩대기도 했습니다. '구성이나 복선은 각본상 얼마든지 만들 수 있고(실제로 잘 만들려고 하면 정말 어렵지만), 쓰는 이의 생각에 따라 어떻게든 되는 거 아닌가' 생각이 드는 동시에 등장인물이 복선을 위해 봉사하는 것 같은 느낌이 들었기 때문입니다. 개봉했을 때 한 번 본 게 전부라 다시 보면 감상이 달라질지 모르지만요. 아, 톰 크루즈의 연기는 좋았습니다(어련하시겠어요).

물론 좋아하는 복선 유형도 있습니다. 최근이라면 영화 〈하이앤로우 더 워스트〉를 예로 들 수 있겠네요(이하 약간의 스포일러가 포함되어 있으니 아직 못 본 분은 조심하시고, 혹시 잘 모르는 분이 있다면 이 영화는 정말 최고의 영화이니 꼭 보시기를 추천드립니다).

도도로키 군이 영화 속 아파트 단지에서 싸우다 돌을 던져 슈간, 저는 마음속으로 기립 박수를 쳤습니다. 이런 훌륭한 복선 회수라니! 설마 그 장면이랑 이 장면이 연결될 줄이야! 긴장감이 적진의 중앙을 돌파할 기세로 솟구쳤습니다.

그런데 이 복선이 애초에 각본 단계부터 있던 건지 영화만 봐서는 판단할 수 없습니다(〈하이로〉 시리즈 시나리오집, 설정집, 제작 다큐멘터리 DVD 발매를 언제까지고 기다리고 있습니다, 고하쿠 씨). 도도로키 군의 캐릭터를 감안해 현장 판단으로 덧붙였을 수도 있습니다. 즉, 각본 단계에서 완벽하게 만들어진 게 아니라 등장인물의 열정이 뜨거워짐에 따라 자연스럽게 촬영이 이어졌고, 배우도 충실히 연기해 만들어진 장면일 수 있다는 거죠. 우연히 잘 맞아떨어져 멋지게 복선 회수도 하고요. 뭐가 됐든 이 장치는 말도 못 하게 우아할 뿐만 아니라(실제로는 서로 두들겨 패고 있지만) 등장인물이 작품을 위해 봉사하는 것이 아니라 등장인물이 살아 숨 쉬는 세계로서 작품이 존재한다는 것을 보여주었습니다. 저는 이런 복선이 정말 마음에 듭니다.

요약하자면, 복선에 대해서는 사람마다 취향이 다르니 크게 신경을 쓰지 않아도 된다는 이야기입니다. 단, 실력이 없어서 못 하는 건 안 됩니다. '깔려고 하면 깔 수 있지만 남용하는 취향이 아니기에 느슨하게 간다'와 같은 식으로 조절이 가능해야 쓰고 싶은 소설을 자유자재로 쓰는 경지에 이를 수 있습니다.

저에게도 무척 어려운 일입니다. 그러면서 왜 남한테 시키느냐고 하신다면……. 저도 모쪼록 그런 경지에 이르면 좋겠다고 날마다 생각은 하고 있습니다!

이제 여러분이 보내주신 질문을 바탕으로 구상과 구성의 완성도를 높이는 방법에 대해 생각해보겠습니다.

복선 까는 법, 조절하는 법에 대해 가르쳐주세요. -아메 씨

복선에 대해서는 앞에서 말씀드렸듯 취향의 문제인 터라 한마디로 이렇다 정리하기는 어렵습니다. 하지만 복선을 까는 법은 구성을 짜는 일과 무척 관련이 깊습니다. 쓰는 사람의 객관성 확보와도 관련이 있고요. 쓴 뒤에 다시 읽고 '아, 이 부분에 티 안 나게 복선을 깔면 괜찮겠는데'라든지 '여기서 복선을 깔려고 했는데 잊어버렸네'라든지, 알아차리고 판단하는 게 대단히 중요합니다.

복선을 전혀 고려하지 않고 쓴 소설에 갑자기 대규모로 복선을 깔고 막판 대반전을 그리려고 하면, 그러니까 초고를 다 쓴 단계에서 계획을 변경하려고 하면 말 그대로 대수술이 필요합니다. 수술에 실패하면 사망에 이르겠지요. 막판 대반전을 노린

다면 처음부터 착실하게 구성을 짜는 게 좋습니다.

단, 소소한 복선은 다 쓰고 원고를 손보면서, 또는 쓰는 과정에서 떠오를 때마다 조금씩 시도하며 다소 수월하게 깔 수 있습니다. 복선이 대단히 훌륭하다 싶은 작품은 대부분 써나가면서, 혹은 다 쓰고 난 뒤에 세세한 부분을 여러 차례 조정하면서 완성해나간 것이 아닐까 추측해봅니다. 물론 복선이 제대로 기능하는 작품을 쓰자는 구상은 처음부터 있었겠지만요.

쓰는 사람의 생리라는 게 모든 걸 빈틈없이 정해놓고 쓰면 재미를 찾기 어렵습니다. 재미가 없으면 계속 써나갈 수 없고요. 어떤 느낌일지 대략적인 아이디어를 만들어놓고 나머지는 써나가면서 살을 붙이고 수정해나가는 게 통상적일 듯싶습니다.

구체적인 예를 들고 싶은데 제가 소설에서 딱딱 떨어지는 복선을 곳곳에 깐 적이 거의 없네요. 그렇다고 다른 분이 쓴 작품에 대해 의기양양한 얼굴로 해설하기도 어렵고요.

어쩔 수 없으니 제 작품 중《그 집에 사는 네 여자》와《옛날이야기》《바람이 강하게 불고 있다》를 예로 들어 어떤 식으로 이야기를 만들어갔는지 설명해보겠습니다. 자발적으로 스포일러를 하지 않고서는 방법이 없는 건지……. 조금 슬프지만 그래도 가보겠습니다. 몇 번이나 드리는 말씀이지만 소설에서 중요한 건 내용을 아느냐 모르느냐가 아니라 문장과 서술 방식입니다(필사적)! 줄거리를 다 아니까 안 읽어도 되겠다, 그런 생각은 절대 금물입니다(비장할 정도로 필사적)!

《그 집에 사는 네 여자》는 '다니자키 준이치로 작가의 걸작 《세설》의 현대 버전은 어떤 느낌이려나?' 하는 생각에서 쓰게 됐습니다. 나름 대담하게, 무모하게 착수한 경우였죠. 이전부터 다니자키 소설의 묘미는 서술 방식에 있다고 생각해온 저는 《세설》의 화자 문제가 대단히 흥미로웠습니다. 《세설》은 삼인칭 전지적 시점(전지적 작가 시점)으로 쓰인 듯하지만, 살짝 어색한 순간이 종종 있습니다. 그 어색함이 '혹시 지금 이 이야기, 차녀 사치코의 남편인 데이노스케가 관찰하고 말하는 건 아닐까?' 하고 생각하게 만들어 자극적인 느낌과 함께 긴장감을 자아냅니다. 《그 집에 사는 네 여자》에서도 '화자는 누구인가'에 대한 문제를 중심으로 가져오기로 했습니다. 이 작품 역시 삼인칭 전지적 시점처럼 보이지만 실은 화자(관찰자)가 있는 방식으로 설정했습니다. 구체적으로는(이하 스포일러) 주인공의 죽은 아버지가 영혼이 되어 네 여자의 삶을 관찰하며 이야기하는 식이었습니다. 어떤 인칭을 선택해도 인위적인 느낌을 풍기는 소설의 서술 문제를 해결하는 수단으로서도 꽤 좋은 아이디어가 아닐까 생각했습니다.

여기까지 구상하는 데 착수 시점부터 삼 초쯤 걸린 것 같습니다. 당연히 머릿속에서 막연하게 생각만 했고, 메모도 해두지 않았습니다.

다음으로《세설》에 빗대어 등장인물을 배치하고 이름, 나이, 직업, 상황 등 각각의 설정을 생각해나갔습니다. 저는 등장인물의 생일이나 혈액형, 외모를 구체적으로 떠올리지 않는데요, 세세하게 생각해두는 작가도 있는 듯합니다.

등장인물에 대한 정보는 평소처럼 수기로 메모했습니다. 손을 움직이다 보면 '아, 이 등장인물은 이런 사람이구나, 그럼 이런 에피소드가 있으면 좋겠네' 하고 이런저런 생각이 들 때가 많기 때문입니다. 그런 다음 네 명의 여성이 어떤 느낌의 인물인지, 어떤 집에 사는지, 어떤 생활을 하는지, 집의 도면을 그려가며 설정했습니다. 이걸로 구상은 끝이었습니다.

구성은 자세히 짜지 않았습니다. 그도 그럴 것이 모델로 삼은《세설》이 꽤 늘어져 있달지(이렇게 말하면 안 좋게 들리겠지만), 딱 보면 아무런 드라마도 일어나지 않을 것처럼 보이거든요. 하지만 저는《세설》이 평온히 흐르는 물 같아 보이면서도 실은 서술의 묘미로 물결을 빚는 유의 소설이라고 생각했습니다. 그래서 구성을 너무 촘촘히 짜지 말고 써보자고, 또다시 무모한 시도를 해보기로 했습니다. 그리고《세설》의 수해 장면과 다에코의 연애 사정, 장대한 소설이 유키코의 설사 에피소드로 끝나는 점(너무 참신하단 말입니다, 다니자키 선생님!)이 인상적이었기 때문에《그 집에 사는 네 여자》에도 적용해보고자 했습니다.

구성 즉, 에피소드 배치에서 신경 쓴 부분은 이 정도였습니다. 이제 구상한 대로 이 이야기의 화자는 사실 주인공의 아버지였다는 것을 어느 단계에서 어떤 식으로 밝히는 게 가장 효과적일지 신경 쓰면 되겠다 싶었습니다.

그렇게 이야기를 쓰기 시작했는데 연재 첫 회 정경 묘사를 하는 부분에서 까마귀를 그릴 때 '오호?' 했습니다. 그냥 까마귀가 아닌 것 같았기 때문입니다. 구상할 때도, 대략적인 구성을 짤 때도 존재하지 않던 까마귀였는데 '왠지 모르지만 이 녀석, 말하고 싶어 하는 것 같은데……' 하는 느낌이었달까요. 머리가 이상해진 거 아닌가 우려하실 수도 있겠으나 저는 늘 이런 상태이므로 괜찮습니다(늘 이렇다니 그럼 괜찮은 게 아닐 수도?).

그래서 긴급히 머릿속에서 구상을 재검토했습니다. 주인공의 아버지가 화자임을 바로 밝힐 게 아니라, 삼인칭 전지적 시점(처럼 보이는 시점)에서 일인칭 까마귀 시점으로 한 차례 화자 간의 배턴터치를 설정해두고, 최종적으로 주인공의 아버지가 화자임을 밝히기로 했습니다. 그렇게 하면 소설이 화자 설정에 무언가 뜻하는 바가 있다는 듯 독자에게 눈짓을 해보일 수 있을 것 같아 더 효과적이라 판단했습니다. 그래서《그 집에 사는 네 여자》는 삼인칭(전지적 시점)에서 까마귀 일인칭, 다시 삼인칭(전지적 시점)으로 진행되어 화자는 실은 주인공의 아버지였다는 사실을 밝히는 식으로 가게 됐습니다.

소설의 대부분은 애초 구상을 따랐지만, 까마귀가 말을 한다는 설정은 쓰기 시작한 뒤에 떠오른 장치입니다. 떠오른 시점이 연재 첫 화, 즉 거의 첫 대목을 쓰던 때였고 그 후에는 '정말로 까마귀가 말하게 해도 괜찮은 건가? 나중에 다시 철회하더라도 이야기가 잘 진행되도록 보험을 들어두자' 하는 마음이 들어 까마귀가 말하는 버전과 말하지 않는 버전 어느 쪽이든 가능하도록 머릿속에서 조정했습니다. 까마귀가 말하게 해달라고 굉장한 기세로 몰아붙이는 바람에 결국 까마귀가 말하는 버전을 택했고요.

《그 집에 사는 네 여자》의 시도가 성공했는지 어떤지는 독자의 판단에 달려 있습니다. 다만 저는 이 경우를 통해 삼 초라는 짧은 시간에 떠올린 구상으로도 장편을 쓸 수 있다는 점만큼은 말씀드릴 수 있습니다. 빈틈없이 구성을 짜지 않아도 도중에 떠올린 아이디어를 소설에 적용할 수 있고, 오히려 그렇게 하는 게 더 쓰기 쉬운 경우가 있다는 것도요. 까마귀의 압력에 굴복해 결국 화자의 자리를 내줬을 때 '이게 웬 전개인가?' '나는 바보일까?' 하는 생각도 들었지만 재밌게 계속 써 내려갔습니다.

너무 엄격하게 생각할 것 없습니다. 쓰면서 재밌다고 느껴지는 방향으로 써나가면 됩니다.

여기까지는 구상에 무게를 두고, 구성은 비교적 간단하게 잡는 방식이었습니다. 하지만 간단한 구성으로는 쓸 수 없는 소설도 있습니다.

《옛날 이야기》를 예로 들어보겠습니다. 이 소설은 단편과 중편으로 이루어진 연작소설로, 읽다 보면 각 이야기가 연결되어 있다는 걸 알게 됩니다. 이 소설은 옛날이야기를 소재로 소설을 써달라는 편집자님의 청탁을 받고 쓰기 시작했습니다. '어떤 사건이 이야기로 남아 후대에 전해지는 걸까?' 옛날이야기가 발생하는 순간에 대해 생각해보자는 게 기본적인 구상이었습니다.

우선 우리가 잘 아는 몇 가지 옛날이야기를 모델로 완전히 새로운 이야기를 쓰기로 했습니다. 그리고 그 이야기들이 느슨하게 서로 연결되어, 각각의 이야기는 물론 책 한 권이 통째로 옛날이야기가 발생하는 순간에 대한 이야기가 되도록 만들고자 했습니다.

후대에 전해질 이야기는 무엇이 좋을까? (이하 스포일러) 이제 곧 지구에 운석이 충돌할 것이며 살아남는 사람은 극소수라는 설정으로 가보기로 했습니다.

저는 오에 겐자부로의 '치료탑 시리즈'나 아베 고보의 《방주

사쿠라마루方舟さくら丸》를 좋아하는, 지구 멸망이란 단어에 심장이 두근거리는 체질입니다. 다양한 창작물에서 다루어온 설정이지만 그래도 《옛날 이야기》에서 중요한 건 지구 멸망이 아니라 '옛날이야기의 발생' 부분이니 SF에 무지해도 쓸 수 있을 거라며 대담하게 도전했습니다.

'옛날이야기의 발생'에 대헤 생각해보기로 하고 여기까지 구상하는 데 아마 삼 분쯤 걸린 것 같습니다. 그런데 《옛날 이야기》의 경우 구성도 제대로 짜두어야 할 것 같은 느낌이 들었습니다. 그래서 어떤 옛날이야기를 모델로 삼을지, 어떤 이야기로 바꿔 쓸지, 각 이야기를 어떻게 연결 지어 지구에 운석이 충돌하기 전으로 끌고 갈지 등 구성에 대해 생각했습니다. 연재를 거치지 않고 곧바로 단행본으로 출간할 예정이라 천천히, 며칠에 걸쳐 구성을 세운 게 기억납니다. 문장으로 설명하는 게 꽤 번거로우므로 당시에 짰던 구성안을 보여드리도록 하겠습니다. 바로 다음 페이지의 그림인데요, '너무 너덜너덜한걸?' '뭐야, 이 강아지 그림은?' 하는 생각이 들어도 대충 넘어가주세요.

구성을 짰다고는 하지만 노트 한 장에 다 들어갈 정도입니다. 게다가 〈꽃〉은 애초에 짠 구성에는 없던 작품으로 매수가 부족할 듯해 추가로 쓴 단편입니다. 빡빡하게 그때그때 짜지 않고 미세하게 조정해 어떻게든 산을 넘는 전술이 여기에서도 작렬

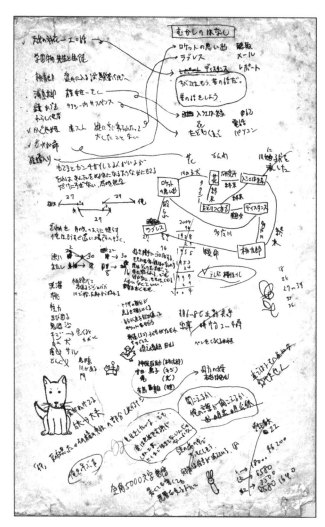

《옛날 이야기》 자필 구성안

한 것이죠. 참 대충대충 하지요? 각각의 이야기가 어떻게 연결되는지 나타내는 게 그림 오른쪽 중간쯤 위치한 타원형 모양의 부분인데요, 이 내용을 지도로 삼고 썼습니다. 대사나 에피소드, 설정이 떠오르면 이 페이지에 메모해뒀고요.

구성을 어느 정도 짜둘지는 쓰려는 소설이나 쓰는 사람의 특색에 따라 달라지기 때문에 무조건적인 이론은 없습니다.《옛날 이야기》의 경우 사소한 한마디나 장면, 설정이 다른 이야기와 연결되는 식이었기에 어디가 어떻게 연결되는지 뼈대 부분만 제대로 구성을 짜놓고, 세세한 부분은 자연스러운 흐름에 맡겼습니다.

노트 한 장 분량의 구성으로도 자잘한 복선은 어느 정도 깔 수 있었습니다. 애초 구상한 이야기의 핵심이 흔들리지 않은 덕분에 각각의 이야기도 꽤 순조롭게 떠올랐지요.

하지만 노트 한 장짜리 구성으로는 부족할 때도 있습니다. 《바람이 강하게 불고 있다》가 그랬습니다.

이 소설의 구상은 "다 같이 노력해서 하코네 역전마라톤에 출전하자!" 이 한 문장으로 끝이었습니다. '영 초 구상'이라고 해야 할지 더없이 단순한 플롯을 가진 작품이지요. 이야기가 나아갈 방향이 명쾌한 만큼 더더욱 구성을 꼼꼼히 짰습니다. 여기에 다 적을 수 없을 정도로 세세한 사항까지 정했습니다.

《바람이 강하게 불고 있다》는 구상과 구성이 거의 동시에 머릿속에 떠올라 그 내용을 바탕으로 취재를 하면서 조금씩 써나 갔습니다(이 소설도 연재를 거치지 않아 시간은 충분했습니다).

먼저 약소 팀이 노력해서 하코네 역전마라톤 출전이라는 목표를 달성한다는 구상이 떠올랐습니다. 영화 〈꼴찌 야구단〉이나 〈신 고질라〉도 비슷한 패턴으로, 고전적인 소재라 할 수 있습니다. 만약 어떤 이야기가 떠올랐는데 너무 흔한 이야기는 아닐지 고민된다면 그럴 필요 없습니다. 흔한 이야기가 흔한 이유는 그 이야기가 많은 이의 가슴을 울리는 무언가를 담고 있기 때문이니까요. 돈 많은 사람이 별 노력도 안 했는데 돈이 더 많아졌다는 이야기를 누가 읽고 싶어 할까요? 그건 그것대로 재미있을 것 같긴 하지만…… 그래도 역시 약소 팀이 이런저런 일을 겪으며 결국 힘을 모아 꿈을 이루었다는 이야기에 더 많은 이들이 공감할 것입니다. 그래서 어느 시대에든 흔한 이야기가 계속 만들어지고, 결과적으로 흔한 이야기라고 불리게 되는 것이라 생각합니다.

중요한 건 역시 인물의 캐릭터성과 그들의 노력이 얼마나 진실한지, 서술 방식이나 문장은 어떤 느낌인지 등 세세한 부분입니다. 〈꼴찌 야구단〉이나 〈신 고질라〉는 둘 다 걸작인 동시에 약소 팀이 노력해서 목표를 달성하는 동일한 구조를 가졌다고 생각하는데요, 이 두 편의 영화를 보고 작품 분위기가 비슷하다고 생각하는 사람은 아마 한 명도 없을 겁니다. 저도 그렇게 생각하지 않고요. 서술 방식이나 이야기 전개 면에서 완전히 다르기 때문입니다. 바로 이 지점에서 작품의 개성이나 장점은 세부에 담긴다는 사실을 알 수 있습니다.

《바람이 강하게 불고 있다》의 경우 주인공 팀의 인물이 각각 어떤 배경을 갖고 있고 어떤 식으로 관계 맺는지도 자세히 설정했습니다.

매력적인 캐릭터를 만들고 싶은데 어떻게 해야 하나요? –사노 씨 등

이 역시 명확한 해답이 없는 무척 어려운 문제지만, 각 인물이 대조가 되게 설정하면 도움이 될 듯합니다. 주요 인물 중 어느 한쪽이 밝은 성격이라면, 다른 한쪽은 어두운 성격으로 설정하는 식으로요.

《바람이 강하게 불고 있다》의 경우를 예로 들어보겠습니다. 주요 인물 중 하나인 하이지는 누가 뛰라고 해서 억지로 뛰어봐야 절대 나아지지 않는다고 굳게 믿는 인물입니다. 뛰어난 말솜씨로 팀원을 설복하는 책략가의 모습도 보여줍니다. 반면 가케

루는 누가 뛰라고 해서 뛰는 게 정말 싫지만 어떻게 해야 할지 몰라 고민하는 인물입니다. 계속 뛰어왔기에, 이런저런 생각을 품고 있음에도 말로 잘 표현하지 못하죠. 그래서 하이지에게 깜빡 넘어가기 일쑤로 "아니, 아무리 그래도 이건 너무하잖아!" 하고 늘 한발 늦게 깨닫고 맙니다. 하이지와 가케루는 이렇듯 대조적이라 가끔 가케루가 하이지에게 맞서면 거기서 드라마(갈등이나 고양)가 발생하게 됩니다.

그뿐이 아닙니다. 가케루의 라이벌인 사카키는 자율에 맡기는 것은 몹시 안이한 일이고, 이기기 위해서라면 피를 토하더라도 엄격한 훈련을 거듭해야 한다는 신념을 가진 인물로, 고민에 잠긴 가케루를 뒤흔듭니다. 하이지와 사카키라는 정반대의 신념을 가진 두 인물이 가케루를 포섭하려고 줄다리기를 하는 구도가 펼쳐져 역시 대조로 인한 드라마가 발생합니다.

이런 느낌으로 대조(또는 유대)가 이중 삼중이 되게끔 등장인물을 설정, 배치하면 각각의 인물이 도드라지면서 '아, 가케루는 하이지한테는 이런 태도를 보이기 쉽고, 이 단계에서는 이런 생각을 하겠구나' 하는 식으로, 성격을 잡고 쓰기 쉬워집니다.

작정하고 작가 자신과는 완전히 다른 사고방식과 감성, 성격을 가진 인물을 만들어보는 것도 방법입니다. 작가의 분신 같은 등장인물만 있으면 다양성이 부족해지게 마련이니까요.

굳이 밝히고 싶지는 않지만《바람이 강하게 불고 있다》의 킹과《배를 엮다》의 니시오카는 공감은 가지만 저에게는 별로 없는 감성을 가진 인물입니다. 분명 나와 다른 인물이었지만 그들을 통해 완전히 다른 사람이 되어보는 경험을 할 수 있어 즐겁기도 했습니다. 쓰면서 깊이 마음을 주게 되기도 했고요. 나와 비슷한 인물뿐 아니라 완전히 다른 인물을 그렸을 때 그 등장인물이 기대 이상으로 생기 있게 움직일지 모릅니다. 꼭 시도해보세요.

각 등장인물의 설정이나 관계 양상에 대한 구상이 끝나면 다음은 구체적으로 구성을 짤 차례입니다.

하코네 역전마라톤은 왕복 열 개의 구간으로 이루어지므로 소설도 열 개의 장으로 하고 거기에 프롤로그와 에필로그를 더하기로 했습니다. 플롯이 명쾌한 이야기라 어떤 장에 어떤 에피소드를 넣을지도 속속 정해졌습니다. 장별로 엄청나게 자세히 줄거리를 써놨는데요, 간추려보면 다음과 같습니다.

프롤로그 만남
1장 등장인물 소개
2장 하코네 역전마라톤을 목표로 삼기까지 옥신각신

3장 헉헉거리며 다 같이 훈련

4장 기록 대회에 도전

5장 여름 합숙

6장 잠깐 휴식(중대한 예선 대회를 앞둔 상태에서 지금까지의 내용 정리, 앞으로의 전개로 이끌기)

7장 예선 대회에 도전

8장 일대 파란(마지막 관문인 본선에 출전하기 전 알력이 생겼다 다시 단결)

9장 본선(가는 길)

10장 본선(오는 길)

에필로그 여운(등장인물들의 그 후)

또다시 장렬한 스포일러를 해버린 건 아닐지 염려되지만, 괜찮습니다. 소설이란 건 직접 읽어보기 전까지는 재미가 있는지 없는지 결코 알 수 없으니까요(비장할 정도로 필사적)!

각 장의 내용은 순조롭게 정해졌지만, 이 구성을 바탕으로 취재하고 조사하는 게 정말 어려웠습니다. 실제 연습과 합숙 과정, 예선이나 본선 지원 방식부터 어떤 식으로 레이스를 펼쳐야 의도한 대로 이야기를 가져갈 수 있을지 공부할 부분이 많았습니다. 레이스 장면을 그릴 때는 작품 속 시합에 출전하는 모든 팀의 기록표를 만들고 이를 바탕으로 간략 도표도 그려두었습니다. 'A지점에서 몇 초 차이였던 것을 B지점에서 역전' 같은 식으로 일일이 세세하게 설정했습니다.

다시 똑같이 해보라고 하면 정중히 사양하고 싶을 정도로 고난과 역경의 길이었지만, 정말 다 쓸 수 있을까 매일 울 것 같은 마음이있지만, 어떻게든 다 되긴 하더군요. 솔직히 말하자면 세세한 부분까지 고려해 가상의 레이스를 만들어내는 작업은 한 세계의 신이라도 된 듯, 살짝 즐겁기도 했습니다. 현실 속 저의 달리기 실력은 형편없지만 소설을 쓰고 있을 때만큼은 선수도, 감독도, 관객도 될 수 있었기에 몹시 가슴 뛰는 체험이었습니다.

각 장과 레이스의 내용까지 가닥을 잡았으니 든든한 지도를 손에 얻은 것과 마찬가지였습니다. 신나게 써나가기만 하면 됐죠. 이야기 전개가 단순 명쾌한 데다 가는 길에 헤매거나 발을 삐끗하지 않도록 구성과 취재 면에서 단단히 준비해둔 덕분에 등장인물의 대사도 술술 떠올랐습니다.

특별히 더 신경 쓴 부분은 인물의 대사 톤이었습니다. 청춘의 한복판에 선 인물인 만큼 최대한 문장을 반짝반짝하게 쓰고 싶었습니다. 앞에서도 말씀드렸듯이 저는 그냥 뒤도 중2병 말기인지라 부끄러운 줄 모르고 빛을 마음껏 발산했습니다. 열창하는 건 꽤 자신 있거든요(지금은 나이가 좀 들어 무리이긴 하지만

《바람이 강하게 불고 있다》를 쓸 때만 해도 아직 이십 대라 아주 짱짱했습니다).

또 길어져버렸네요. 죄송합니다.

정리하자면 구상과 구성을 사전에 어느 정도까지 단단히 해둘지는 작품이나 작가의 특색에 따라 제각각입니다. 하지만 구상과 구성이 전혀 없는 상태에서 막연히 쓰기 시작하는 건 삼가는 게 좋습니다. 특히 소설을 막 쓰기 시작했을 때는 어느 정도 명확한 계획(구상)이나, 이야기 지도로 삼을 만한 구성, 둘 중 하나는(또는 둘 다) 확보해두어야 안심하고 계속 써나갈 수 있습니다.

이렇게 이야기를 구상하고, 구성을 짜는 법에 대해 소개해보았습니다. 어디까지나 제 경우에는 이렇다는 것이니 혹시 참고될 만한 내용이 있다면 활용해주시고, 각자 쓰기 좋은 방법을 찾아봐주세요.

질문을 보내주신 여러분께 다시 한번 진심으로 감사드립니다. 조금이라도 도움이 되면 좋겠습니다.

질문을 읽으면서 소설 쓰기에 조금 지친 분도 많은 것 같다는 생각이 들었습니다. 저 역시 그 기분을 잘 압니다. 저도 늘 "언제

소설 쓰는 게 재밌다고 느끼느냐"는 질문에 없다고 대답합니다. 정확히는 "아드레날린이 활발히 분비되는 건지 가끔 등장인물에 빙의한 것처럼 황홀경에 빠질 때는 있지만, 그런 순간은 다섯 작품 중 한 번 정도 있을까 말까 합니다"라고 말합니다.

이번에 여러분의 질문을 받고 저의 창작 방식을 되짚어보던 중 깨달았습니다. 쓰는 동안에는 괴로움투성이라고 생각했고 또 그게 사실이지만, 그래도 저는 '이러면 어떨까?' '저러면 어떨까?' 하고 생각하며 소설 쓰는 걸 좋아하고 재밌어한다는 것을요(까마귀가 갑자기 말하고, 나와 딴판인 등장인물에 공감하고, 역전마라톤 레이스를 마음껏 지어내 펼쳐 보이고…… 맞습니다, 재미있었습니다).

소설 쓰는 게 피곤해지면 좀 쉬면 됩니다. 무리해서 쓰거나 "이렇게 써야 해!" 하며 제약을 두지 말아주세요. 쉬다 보면 쓰고 싶다는 생각이 반드시 다시 끓어오를 겁니다. 그때가 오면 즐기는 동시에 혼신의 노력을 기울여 등장인물과 설정, 구성 등을 생각하고 마음 가는 대로 쓰면 됩니다.

어느 한 대상에 대해 지칠 줄 모르는 집념으로 계속 생각할 수 있다는 게 '좋아한다'의 실상이 아닐까 생각합니다. 사랑에 빠졌을 때, 반짝이는 아이돌에게 반했을 때, 저녁에 좋아하는 음식을 먹을 수 있다는 걸 알게 됐을 때, 우리는 그것 말고는 아무엇도 생각이 안 나는 상태에 빠집니다(참고로 저는 지금 〈하이 앤로우 더 워스트〉 말고는 아무 생각도 할 수 없는 상태입니다. 앞으로 최소 다섯 번은 영화관에서 볼 거예요). 좋아한다는 건 아마도 그런 것이겠죠. 그러니 무리하지 말고, 쓸 기분이 날 때 즐겁게 이것저것 생각하며 소설을 써나가봅시다!

보너스

《바람이 강하게 불고 있다》 설정 일부 대공개! 그러고는 대후회! 현실적으로 가능한 계단 위치인지 의문이고, 자동차가 자동차로 안 보이고, '니라ㄷㅎ'라고 이름 붙인 수상한 물체도 보입니다(정답은 개입니다). 저는 도면이나 관계 양상을 떠올릴 때 집필 의욕이 상승합니다.

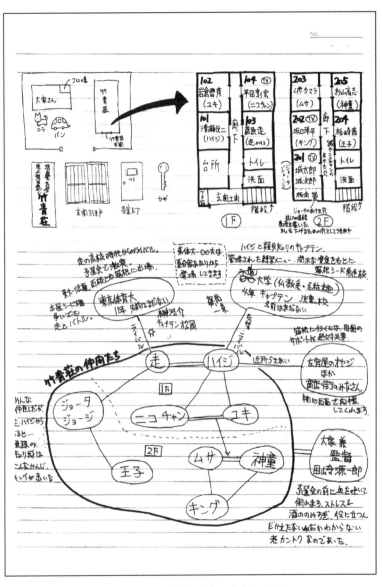

《바람이 강하게 불고 있다》자필 구성안의 일부(원본)

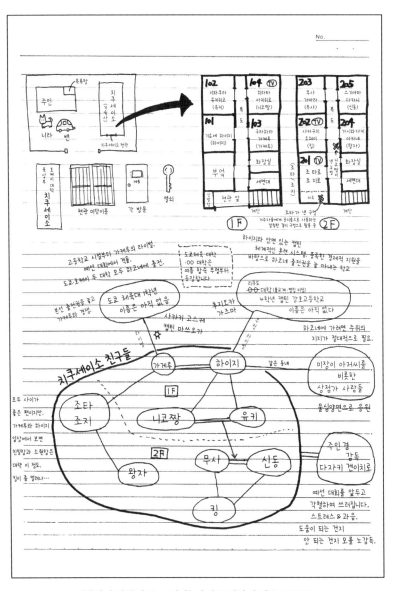

《바람이 강하게 불고 있다》자필 구성안의 일부(번역본)

네 번째 입가심
곤란할 땐 기도를

십오 년 전쯤 아사쿠사 오토리신사鷲神社의 도리노이치*에서 엄청나게 큰 구마데를 사는 유흥업소 직원들을 목격하고 대단하다고 생각했습니다. 상업 번성을 향한 비범한 열의란!

하지만 지금은 그 직원들의 마음이 깊이 이해됩니다. 소설가도 기복이 심한 직업이라 최후에는 신께 기도드릴 수밖에 없달지, 가능한 한 길하다는 걸 따르고 싶달지, 구마데든 빗자루든 무엇에든 의지하고 싶은 마음이 들기 때문입니다.

종교적인 이야기이긴 하지만 저는 새해 첫 참배를 할 때면 늘 집 근처 신사에 갑니다. 다른 신사에 가는 일은 절대 없습니다!

---

* 매년 11월 십이지 '유(酉)'에 해당하는 '도리의 날'에 상업 번영을 기원하며 개최하는 축제. 복을 긁어모으는 갈퀴 모양의 장식물 '구마데'를 판매한다.

그리고 열과 성을 다해 올해야말로 성실하게 노력하는 인간이 되게 해달라 기도드린 다음, 사무소에 가서 '상업 번성'이라 적힌 나무패를 삽니다. 지난해에 산 나무패는 잘 모아두었다가 회수용 상자(?)에 잘 반납하고요.

어느 날은 사무소에서 근처 사는 아주머니(얼굴만 아는 사이) 한 분을 만났습니다. "'가내 안전'이라든지 '무병 식재'는 안 사고?" 걱정스러운 듯 말을 걸어오시더군요. "저는 혼자 사는 데다 건강도 자력으로 어떻게든 유지하고 있어서요. '상업 번성' 하나면 됩니다!" 연초 특유의 기운 넘치는 자세로 피력했더니 "일이 많이 힘든가 보네……"라는 답변이 돌아왔습니다. 또다시 심려를 끼치고 말았지요!

일이 많이 힘들다는 게 틀린 말은 아니지만, 마감을 앞두고 매번 우는소리를 하는 건 성실히 노력하지 않은 제 업보이니 엄밀히 말해 문제는 일이 아니라 저 자신입니다. 어떤 신도 저를 성실히 노력하는 인간으로 바꿔놓기는 어려운지 저는 매년 똑같은 기도를 올립니다. 물론 신을 원망하지는 않습니다. 그저 저의 나태가 애석할 뿐이죠!

구매한 나무패는 머리보다 높은 위치(구체적으로는 전등갓)에 신중히 걸어둡니다. 그러면 올해는 괜찮을 거라는 용기가 충만해집니다. 그 뒤로는 어디 나가지 않고 계속 잠만 자며 남은 여휴를 보냅니다.

　개인적으로 저는 길한 기운을 위해 지갑 속 지폐는 반드시 앞뒤 위아래 똑같은 방향으로 정리해서 넣는 버릇이 있습니다. 금전적인 면만 철저한 것 같아 민망하지만, 그렇게 맞춰 넣으면 지폐 금액도 바로 알기 쉽고 좋잖아요? 물론 이렇게 한다고 지폐가 흡족해하거나 그런 건 아니고(애초에 지폐가 뭔가 느낄 리 없죠), 늘 그렇듯 차례대로 훌훌 지갑을 떠나갑니다. 가는 곳에서도 건강하기를!

　뭘 어떻게 길하게 한다는 건지 알 수 없는 얘기가 되었지만, 일단 초고가 항아리 구입이나 건강식품 강매 같은 것만 아니라면 마음을 편하게 만드는 습관 하나쯤은 있어도 좋을 것 같습니다.

글감 편
성실과 양념은 같은 분량으로

보내주신 질문에 세 접시 분량으로 폭풍같이 답변해드렸으니 이제 슬슬 대단원으로 향해간다고 느끼는 분도 있을 것 같습니다. 하지만 아직 끝이 아닙니다! 조금 더 함께해주시면 감사하겠습니다.

이 책을 쓴 계기가 된 코발트 단편소설 신인상은 분량과 응모 자격 외에 별다른 제약은 없습니다. 제가 심사를 맡는 동안 딱 한 번 글감을 제시한 적이 있는데요, 글감이 명확하면 더 수월하다 느끼는 분도 있을 것 같다는 생각에서였습니다.

그때 편집부와 상의를 거쳐 정한 글감은 '시마모요*'였습니

---

* '시마'라고 읽는 단어에는 대표적으로 '섬島'과 '줄縞'이 있고, '모요'라는 단어에는 무늬, 도안, 상황이라는 뜻이 있다.

다. 그때 응모해주신 분들께 감사를 전합니다. '시마모요'라는 글감으로 다양한 작품이 쓰일 수 있다는 점을 실감하는 한편, 특별한 즐거움을 만끽하며 심사할 수 있었습니다.

다만 글감을 너무 정면으로, 직관적으로 받아들이는 경향이 마음에 걸렸습니다. '시마모요'를 줄무늬로 해석해 본문에 줄무늬라는 단어를 언급하거나, 줄무늬 양복을 소재로 활용한 경우를 예로 들 수 있습니다. 성실함이 돋보이는 장치였죠.

성실해서 나쁠 건 전혀 없습니다. 근본적으로 성실한 사람이 아니면 소설을 쓸 수 없을 테니까요. 몇 주 동안이나 컴퓨터 앞에 앉아 혼자 꾸준히 써나가야 하니, 툭하면 어딘가 놀러 가고 싶은 사람은 완성까지 노를 저어가기가 쉽지 않을 것입니다.

하지만 무언가를 너무 정면으로 받아들이는 태도는 지양해야 합니다. 지나친 성실함은 숨을 턱 막히게 할 가능성이 있거든요. 소설은 한 줄 한 줄 혼자 써나가는 것이라 스스로를 한없이 밀어붙이면 더는 못 쓰겠다고 뻗어버릴 수 있습니다. 아무도 이 정도면 괜찮다고 말해주지 않으니 말이죠. 성실함은 때로 자신의 목을 조르는 흉기로 변모할 수 있으므로 적당한 선에서 케세라 세라* 정신을 유지하는 것도 필요합니다. 균형을 잡기가

*　뭐가 되든 될 것이라는 뜻의 스페인어.

쉽지 않겠지만요.

글감이 주어졌을 때 어떻게 발상을 떠올리는가? 소설을 써나가는 데 꽤 중요한 문제입니다. 이번 접시를 통해 자세히 이야기해보겠습니다.

프로 작가가 되면 쓰고 싶은 소설을 원 없이 쓸 수 있느냐 하면 사실 그렇지 않습니다. 대부분의 소설가는 의뢰를 받고 쓰기 때문입니다. 일인 만큼 당연하게도 고객(편집자와 출판사)이 있고, 고객이 어떤 느낌의 소설을 원한다고 요청을 하면 어느 정도 참고해서 써야 합니다. 예컨대 잡지나 앤솔러지라면 특집 테마가 있는 경우가 많습니다. 신년 특집호에 게재할 설날 관련 이야기를 써달라거나, 연애 앤솔러지를 내려고 하니 연애를 소재로 한 소설을 써달라고 요청이 들어옵니다. 기업과의 컬래버 소설일 경우 상품명까지 명시할 필요는 없지만 커피 마시는 장면은 꼭 넣어야 하는 등 제약이 주어지기도 합니다. 모두 일종의 글감인 셈이죠.

방금 제가 '제약'이라고 썼는데요, 글감을 제약으로 받아들이느냐 아이디어로 받아들이느냐에 따라 소설 쓸 때의 자세가 달라집니다. 아무것도 없는 상태에서 아이디어를 떠올리기란 굉장히 어렵습니다. 하지만 글감이 있으면 그 부분은 이미 해결된 셈이니 운이 좋다고도 할 수 있습니다.

글감이 주어지는 경우는 보통 여러 명의 소설가와 경합하는 형태로 쓰게 됩니다. 이 점이 중요한데요, 의뢰받은 소설가 전원이 글감을 지나치게 정면으로 받아들이면 잡지나 앤솔러지, 컬래버 소설에 비슷비슷한 이야기가 줄줄이 이어질 겁니다. 이럴 때는 글감에서 조금 비껴간 발상을 떠올리는 것이 중요합니다. 설정이나 내용 면에서 다른 작품과 겹칠 것을 미리 방지하고, 다양성을 확보하기 위해 노력하는 자세는 쓰는 사람의 의무이자 양심을 지키는 일임과 동시에 실력을 보여주는 방법이기도 합니다.

만약 제가 소설에서 커피 마시는 장면을 꼭 넣어야 한다면, 우선 말도 못 하게 특이한 상황에서 커피를 마시게 하려면 어떤 이야기로 가는 게 좋을지 생각해볼 것 같습니다. 공간적 배경으로 우주나 깊은 바닷속은 어떨까 하고요.

한 잡지의 특별호에 크리스마스를 주제로 작가 몇 명이 함께 작품을 싣고 다시 앤솔러지로 펴낸 적이 있었습니다. 그때 다른 분들의 작품을 읽고 박장대소가 터졌는데요, 이른바 연인들의 행복한 크리스마스를 그리는 작품은 아무도 쓰지 않았기 때문입니다. 아무리 정면을 피하고 싶대도 그렇지 전부 다 48도쯤 기운 대각선 느낌이잖아!

그래도 저는 지금까지 참여한 앤솔러지 중 그 책을 특히 좋아합니다. 함께한 다른 작가분들께도 신뢰와 친밀감을 갖고 있고요. '그래, 앤솔러지는 이런 식으로 안 쓰면 재미없어, 이게 진정한 의미에서 글감을 살린 경우지!' 하고 생각했습니다.

제가 앞에서 고객(편집자)의 의향을 어느 정도 참고해서 쓴다고 말씀드렸는데요, 글감 외에 구체적으로 원하는 방향을 제시하는 경우도 있습니다. 다음 연재에서는 밝은 군상극을 써주면 좋을 것 같다는 식으로요. 이 경우에 주의해야 할 점은 편집자의 의향을 완전히 무시하지 않으면서, 역시 너무 정면으로 받아들여서는 안 된다는 점입니다.

건설 회사에서 일한다고 가정해봅시다. 철근 콘크리트로 된 상업 건물을 지어달라고 의뢰를 받았는데 내 맘대로 단층 일반 목조 주택을 지어버렸다면 어떨까요? 매번 의뢰한 내용과 완전 딴판으로 짓는다는 좋지 않은 평판이 생겨 언젠가 회사 문을 닫을 확률이 높습니다.

의뢰를 받았다고는 해도 빌딩을 지을 기분이 아닌데 무리해서 빌딩을 지으려 해봐야 절대 좋은 빌딩을 지을 수 없습니다. 그럴 때는 의뢰 내용을 경청하면서 머릿속으로 죽을힘을 다해 '철근 콘크리트 빌딩인가 싶었는데 알고 보니 한쪽에 세 평짜리 다실이 딸린 건물이었다면?' 하고, 자기가 짓고 싶은 건물을 요령 있게 끼워 넣을 방법을 모색해야 합니다. 의뢰자도 눈치 못 챘지만 철근으로 보인 건 사실 목제 기둥이었다(그래도 강도는 문제없다), 같은 정도까지는 시도해보는 것입니다.

글감이나 고객의 의향은 반드시 존중해야 하지만 최종적으로 쓰는 건 작가 자신입니다. 출판사에서 늘 내가 지금 쓰고 싶은 것에 딱 맞는 제안을 할 수는 없습니다. 글감이나 고객의 의향을 곧이곧대로 받아들이는 것은 일견 의뢰에 성실하게 임하는 것처럼 보이지만, 실은 상대에게 책임을 전가하는 거나 마찬가지입니다. 잘 안 써질 때마다 글감이 정해져 있어서(또는 고객이 이 방향을 원해서) 쓸 기분이 안 나고, 결국 이렇게 되어버렸다며 도망칠 구석이나 변명의 여지를 찾을 테니까요.

그러니 글감이나 고객의 의향을 충실히 참고하면서 자기 글을 써야 합니다. 주어진 조건을 내가 진짜 원하는 방향으로 온 힘을 다해 자연스럽게 변형해야 합니다. 이때 가장 도움이 되는 방법은 주어진 것에서 조금 비껴간 발상을 떠올리는 것입니다. 비껴가기라는 행동을 통해 각자의 버릇이나 취향이 드러나기 때문입니다.

그저 받아들이는 단계에서는 다른 사람의 의견을 무난하게 반영하는 데서 더 나아가지 못합니다. 비껴가기를 적용한다면 각자의 고유한 색이 더해지는 것은 물론 발상도 더 끓어오르고

(자기 버릇이나 취향을 바탕으로 하면 사고 회로가 더 잘 열리니까요), 글발도 잘 받을 것입니다.

아직 프로로 데뷔하지 않았으니 나와 상관없는 이야기라 생각하지 마시고, 앤솔러지나 잡지를 읽을 때 '나라면 이 글감, 이 특집일 때 어떤 이야기를 떠올릴까?' 하고 생각하면서 읽어보세요. 특정한 말이나 상황에서 발상을 떠올리고, 떠오른 발상에서 약간 비껴나가는 소재를 떠올리는 훈련을 하다 보면 글감이 없는 소설을 쓸 때도 도움을 받을 수 있을 겁니다.

앞에서 말한 '시마모요'라는 글감에 대해 생각해볼까요? 왜 시마모요島模様, 즉 섬 무늬를 떠올린 분은 한 분도 없었을까요? 섬에서 생활하는 사람들이 맺는 관계의 무늬라든지, 군도를 이루는 각 섬의 풍습이나 문화 차이 같은 것도 써볼 수 있었을 텐데요. 한자가 아닌 히라가나로 제시된 만큼 '시마'를 꼭 '줄'로 해석할 필요는 없지 않았나, 아쉬움이 있습니다.

'시마'를 '줄'로 해석해 쓴 최종 후보작 네 작품 중 한 편은 횡단보도의 줄을, 다른 세 작품은 줄무늬 옷을 소재로 활용한 경우였습니다. 서사의 내용이 모두 다양해 재밌었지만 역시 글감을 너무 곧이곧대로 받아들인 듯한 느낌을 지울 수 없었습니다.

작품 속 딱 한 장면, 줄무늬 옷이 아주 짧게 언급되거나 줄무늬 그림자가 바닥에 어른거린 상황을 간략히 묘사하기만 해도 글감은 소화한 셈입니다. 주어진 글감을 중심에 두고 좀 더 자유롭게 발상을 떠올려도 괜찮습니다.

성실하게 임하는 건 몹시 중요한 일입니다. 그렇지만 성실하게 비껴가는 것, 남과 다른 발상으로 쓰는 게 훨씬 더 중요합니다. 물론 이 글감이라면 정면으로 붙잡고 써도 잘 쓸 수 있겠다는 생각이 든다면 정공법으로 가야 합니다. "가끔은 성실하게도 쓰시네요!" 하는 반응과 함께 주가가 높아질 겁니다(아마도). 그럴 때는 우아하게 "네, 제가 성실함 빼면 시체라서요"라며 득의양양한 표정을 지어 보이시길 바랍니다. 제가 주가가 올라본 적이 없어서 어디까지나 상상해서 말씀드리는 것입니다만…….

모쪼록 여러분의 건투를 빌겠습니다!

단편소설과 장편소설 편
펀치와 여운, 구성력을 은근하게

연초부터 장기 출장이 있기도 했고, 이리 뛰고 저리 뛰다 보니 지난 한 달 정도의 기억이 남아 있지 않습니다. 저에게도 2020년이 온 걸까요? (무슨 소리야 당연히 왔지!)

의식을 작년에 두고 온 것인지, 집 식자재 선반을 뒤지던 중 유통기한이 2019년 2월인 컵라면을 발견해 운이 좋다며 기쁘게 먹어버렸습니다. 기한을 넘긴 지 일 년 가까이 된 컵라면을요! 배탈도 안 났고 맛있게 먹긴 했지만, 제 배가 이상할 정도로 튼튼할 가능성도 있으므로 여러분은 조심하시길 바랍니다. 이제 2020년이랍니다!

올해가 몇 년도인지도 잊어버리는 사람인지라 어쩔 수 없는 일일 수 있겠으나 또 한 가지 중대한 사실을 잊고 있었습니다.

이 코스 요리(?) 단편소설 쓰는 법만 다루려던 건 아니었는데!

너무 단편에만 특화된 내용을 꺼내놓은 건 아닌지 반성하고 있습니다. 하지만 단편이든 장편이든 큰 틀은 다르지 않으니 괜찮습니다(나왔다, 긍정의 힘!).

100매든 1000매든 이야기를 쓸 때는 숙련도를 높이는 게 중요합니다. 아나운서는 삼십 초 코멘트를 요청받으면 필요한 정보를 삼십 초 안에 담아 말할 수 있다고 합니다. 평소에 초 단위로 시간을 의식하고, '나는 보통 일 초에 세 글자를 말하지만 일 초에 두 글자만 말해야 시청자가 듣기 편하겠지' 하고(자수는 임의로 예를 든 것입니다) 발화 속도를 파악해 훈련을 거듭한 결과일 겁니다.

소설도 똑같습니다. 착실하게 한 작품 한 작품 완결 지어보면서 '100매(또는 1000매)는 이 정도구나' 하고 몸(뇌)에 감각을 익히는 게 대단히 중요합니다. 그러면 다음 작품을 쓸 때 '100매(또는 1000매)니까 이런 이야기, 이런 전개로 가면 매수에 잘 맞겠네' 하고 감이 오겠죠?

이와 더불어 지금까지의 접시에서 설명해드린 것처럼 인칭이나 문장(문체)은 어떻게 할지, 어떤 구성으로 갈지, 어떤 등장인물을 어떤 식으로 배치할지 등 기술을 갈고닦아가는 것도 중요합니다. 쓰고 싶다고 생각하는 소설에 대해 계속 끈질기게 생각해야 합니다.

아무리 훈련을 많이 한 아나운서라도 어떤 정보나 원고가 없는 상태에서 삼십 초 코멘트를 하기는 곤란할 겁니다. 사전에 간단한 원고나 메모를 작성하며 정보를 정리하고, 어디를 강조하며 적절히 정보를 전할지 검토한 다음, 마음의 준비까지 다 마친 뒤에 녹화를 시작하겠죠.

소설을 쓸 때도 똑같습니다. 의뢰를 받으면 인칭이나 문장(문체)을 어떻게 하는 게 최선일지 생각해보고, 구성을 짜보면서 마음의 준비까지 다 한 뒤에 쓰기 시작하는 것이 중요합니다. 계획 없이 무작정 쓰기 시작할 게 아니라, 자기 안에서 알 듯 모를 듯 꿈틀거리는 것을 문장으로 어떻게 실체화할지 궁리하고 전략을 세운 뒤에 써야 합니다. 사고와 실천을 반복하는 습관을 들여두면 매수에 맞는 최선의 이야기를 좀 더 쉽게 떠올릴 수 있을 것입니다.

쓰는 와중에 깨달았는데, 정해진 원고 분량에서 뭘 쓰고 싶은지가 가장 중요한 근간이 되는 것 같습니다. 그렇다면 어떻게 해야 자기 안에 잠들어 있는 '내가 쓰고 싶은 이야기'를 끌어낼 수 있을까요?

저로 말하자면 사소한 기분에서 시작하는 경우가 많습니다.

제게는 감정 과잉의 경향이 있는지 친구들이 "와…… 넌 어쩜 그렇게 쉬지 않고 모든 작품에 감격하냐?" 하고 감탄하곤 하는데요, 듣고 보니 정말 그런 것 같아 얼굴이 빨개지곤 합니다.

감정이 지나치게 과한, 그야말로 뜨거운 사람은 옆에 있는 사람을 숨 막히게 할 수 있습니다(슬프지만 저는 이런 이유로 가능하면 누구의 곁에도 있지 않으려 주의합니다). 하지만 이건 어디까지나 현실의 얘기고 소설 쓰기에 관해서라면 감정 과잉이 좋은 점도 있습니다. 기분이 고조되거나 감정이 동요되는 순간이면 '이번에는 이런 소설을 써보면 어떨까?' 하고 아이디어가 자주 떠오르거든요. 내가 어떤 기분을 느꼈는지, 이유는 뭔지 그때그때 잘 기억해두면 소설에 활용할 수 있어 좋습니다.

감정을 깊이 파고 들어가는 것은 중요한 작업입니다. 내면에 도사린 르상티망*이나 분노, 기쁨, 감동, 희망 속에 이야기의 씨앗과 소설을 안 쓰고는 못 배기게 하는 원동력이 잠들어 있습니다. 이렇게 보면 감정 과잉도 나쁜 것만은 아닌 듯합니다. 그래도 가까이 있는 사람에게는 민폐가 될 수 있으니 되도록 자제하겠지만요.

감정에서 출발해 이야기를 떠올리는 게 어려운 분도 있을 겁

---

*   원한, 증오, 질투 따위의 감정이 되풀이되어 마음속에 쌓인 상태.

니다. 그런 때에도 역시 '생각하기'가 중요합니다. 나 자신에 대해 친구나 가족, 가까운 사람들, 거리를 가다 문득 보게 된 광경이나 오늘날 사회 등 이 세상의 많고 많은 것 중 마음에 걸리는 게 있다면 이리저리 떠올려보고 조사해보고 생각을 계속해보세요. 그러다 보면 분명 쓰고 싶은 이야기의 씨앗이 싹을 틔울 것입니다.

아나운서는 잔혹하고 불합리한 사건부터 사랑스러운 새끼 판다의 탄생 소식까지 다양한 이야기를 전해야 합니다. 전하는 동안 마음속에는 다양한 감정과 생각이 휘몰아치겠죠. 하지만 개인적인 감정을 내세우면 분노와 눈물이 솟구쳐 원고를 읽기 어려워지거나, 중요한 정보를 제대로 전달하지 못할 가능성이 생깁니다. 그래서 아나운서는 개인적인 감정은 마음에 담아두고, 최대한 담담하게 원고를 읽으며 판단이나 생각은 시청자에게 맡긴다는 자세로 뉴스에 임합니다.

소설을 쓸 때도 똑같습니다. 작가 본인의 감정이나 사고가 없으면 아무것도 시작되지 않고, 쓰고 싶다는 정열도 솟아나지 않습니다. 하지만 작품에 작가 본인의 감정이나 주장을 날것 그대로, 마치 강요하듯이 꽉꽉 담아낸다면 읽는 이로서는 숨이 막힐 것입니다. 작가는 어디까지나 작품의 그림자 같은 존재입니다. 작품을 읽으면서 무엇을 느끼고 *생각할지*는 독자에게 맡겨야 합니다. 개인적인 감정과 사고를 품고 쓰되 정열과 객관성 사이에서 균형을 잡아주세요. 그게 소설 쓰기의 핵심입니다.

쓰고 싶은 이야기가 확실하지 않은 분도 초조해하거나 절망할 필요 없습니다. 한 작품 한 작품 완성해가다 보면 쓰고 싶은 것을 점점 알게 될 테니까요.

하지만 몇 작품 썼는데도 쓰고 싶은 이야기에 대한 정열이 솟아나지 않는다면 좀 생각해봐야 합니다. 지금이 정말 소설을 쓸 때인지에 대해서요. 제때라는 확신이 들지 않는다면 무리하지 않는 게 좋습니다. 무리해봐야 소설 쓰는 게 괴롭기만 하고, 끝내는 소설 따위 꼴도 보기 싫어지는 감정에 이르게 될 위험이 있습니다. 사랑하고 믿어온 것이 싫어지는 건 말도 못 하게 괴로운 일입니다. 스스로를 부정하고 배신한 듯한 기분이 드니까요.

그러니 쓰고 싶은 게 없다고 느껴질 때는 무리하지 않는 게 좋습니다. '소설 안 쓴다고 뭐 죽나?' 하는 가벼운 기분으로, 집필 같은 건 잠시 잊고, 여유를 즐기든 알차게 채우든 그저 하루하루를 충실히 보내주세요. 그러면서 내가 진심으로 즐겁다고 느끼는 건 뭔지, 나는 뭐에 기뻐하고 괴로워하는지, 사회나 생활의 어떤 면면이 내 마음이 걸리는지 깊이 고찰해보세요. 그러면 자연스럽게 무언가 쓰고 싶어지거나, 진짜 하고 싶은 걸 찾는 발견의 순간이 오지 않을까 싶습니다.

참고로 저는 현재 에그자일을 향한 애정 덕분에 삶에 대한 의욕이 흘러넘치는 상태로, 몇 년간 여유를 즐겼으니 슬슬 일하고 싶다고 생각하는 참입니다. 그렇지만 소설 쓸 시간에 에그자일 트라이브 콘서트를 보고 싶기도 하고, 그렇다고 계속 안 쓰자니 밥줄이 끊길 테고, 마음이 천 갈래 만 갈래로 갈라집니다. 여기서 얻을 수 있는 교훈은 '소설 쓰는 것만으로 생계를 꾸리는 것은 위험도가 높고, 의외로 이때다 싶을 때 자유롭게 못 움직이니 신인상을 받았다고 곧장 회사를 그만두지 말고 얼마간은 딴 주머니도 차고 있는 게 좋다'가 되겠습니다.

누누이 말씀드렸듯 단편이든 장편이든 유념할 사항이나 써나가는 순서는 기본적으로 다르지 않습니다. 소설을 쓴다는 점에서는 똑같으니까요. 물론 사람마다 "굳이 말하자면 단편 쪽을 더 잘해"라는 식으로 미묘한 적성 차이는 있겠지만 단편을 쓸 수 있으면 장편도 쓸 수 있고, 반대도 마찬가지입니다.

그러나 단편과 장편은 사용하는 근육이 조금 다르다 싶은 것도 사실입니다. 두 작품 정도 장편 연재를 계속한 뒤에 오랜만에 단편을 쓰려고 하면 서사 분배 면에서 이따금 실수를 합니다. 단편 쓰는 감각이 둔해진 것이죠. 그럴 땐 당황하거나 흥분하지 말고 처음부터 그렇게 의도한 양, 결말을 향해 폭풍처럼 몰아치는 기술을 쓰면 됩니다. '뒷부분이 너무 빡빡한 거 아니냐고요? 다 계산된 거랍니다!' 하면서 태연하게 마무리 짓는 거죠. 낯빛 하나 안 바뀌고 실수를 만회하는 담력 역시 무척 중요합니다(다시 긍정의 힘!).

단편을 몇 편 쓴 뒤에 장편을 쓸 때는 별로 고생스럽지 않습니다. 얘기가 좀 딴 길로 새도 아직 한참 남았다며 비교적 느긋한 자세로 임할 수 있거든요. 개인적으로 저는 단편 쓰는 것도 좋아하지만 장편이 더 적성에 맞는지도 모르겠습니다. 번뜩이는 무언가가 압도하듯 들이닥치면 단연 단편이 잘 써지지만, 그런 날은 일 년에 열흘 정도밖에 안 되거든요.

소설을 한 편 완성한다는 의미에서 볼 때, 들이는 품과 노력(쓰고 싶은 것을 어떻게 보여줄지 생각하고, 정해진 매수 안에서 최선의 결과를 만들어내기)은 단편과 장편이 서로 다르지 않습니다. 단편의 경우 작품 한 편마다 '이야기 만들기'를 해야 하니 100매짜리 단편을 열 편 쓴다는 것은 1000매짜리 장편을 한 편 쓰는 것보다 열 배의 품과 노력이 들어간다고 할 수 있습니다. "그러니 단편 원고료를 열 배로 올려주시면 좋겠습니다!"라고 외치는 순간 이런 목소리가 들려오네요. "그러면 장편 원고료를 10분의 1로 할게요." 죄송합니다, 제가 어리석었습니다. 양쪽 다 현상 유지 부탁드립니다.

이야기를 하다 보니 단편에서 사용하는 근육은 '빼기 발상력'이고 장편에서 사용하는 근육은 '무조건 계속 써나가는 근성'이구나 싶습니다.

이 책의 세 번째, 네 번째 접시에서 단편의 구성에 대해 조금 다루었는데요 단편을 쓸 때의 기본은 펀치와 여운, 그리고 조하큐*입니다. 훅 시작했다가 모종의 전환점을 계기로 확 달아오른 뒤 삭 마무리. 훅, 확, 삭을 유념해주세요(나가시마 시게오** 감독처럼 말하기). 설명이 좀 이상하다고요? 사람마다 쓰는 법이나 발상법이 달라 논리적인 설명보다 이런 식이 나을 수도 있다니까요!

요컨대 단편은 산뜻해야 합니다. 그러기 위해서는 펀치와 여운, 조하큐를 중시해야 하고요. 가끔 이다음에 등장인물이 어떻게 됐는지 알 수 없어 답답했다는 감상을 들을지도 모르지만, 자유롭게 상상할 수 있는 것이 단편의 재미 아닐까요? 그런 감상에는 귀를 약간 닫고 강렬한 단편을 꿋꿋이 써나가주세요.

단편은 쓸 수 있는데, 장편은 아무래도 잘 안 써진다는 경우는 어찌하면 좋을까요? 이런 분들은 똑떨어지는 깔끔한 성격의

---

*   일본의 전통극인 '노'의 구성법으로 시작, 전개, 종결을 뜻한다.
** 일본의 전 프로 야구 선수, 야구 지도자이자 해설가. 의성의태어를 많이 사용하는 것으로 유명하다.

소유자이실 것 같은데요, 잘 붙어 있게 접착력을 높여주시기를 바랍니다. (성격이 그렇게 간단히 바뀌는 거면 너도 진작에 깔끔한 인간이 됐겠지, 이 작가야!)

장편 호흡이 달리는 경우라면 역시 구성력이 핵심일 듯합니다. 이 책의 스물한 번째 접시에서 구상과 구성을 완성도 있게 짜는 법에 대해 말씀드렸는데요, 아직 장편 쓰기가 익숙하지 않을 때라면 더더욱 무턱대고 출발해서는 안 됩니다. 구성이라는 지도를 준비해둔 뒤에 쓰기 시작해야 합니다. 어떤 등장인물로 갈지, 어디에 어떤 에피소드가 있으면 좋을지 안을 짜는 과정에서 생각지 못한 전개가 불쑥 떠오르기도 하니까요.

등장인물 수를 늘리는 방법도 도움이 됩니다. 100매 단편의 주요 등장인물이 여덟 명이면 좀 많은 느낌이지만, 1000매 장편이라면 여덟 명 각각에 대해 충분히 쓸 수 있습니다.

하지만 여기서 주의해야 할 점이 있습니다. 주요 인물 B가 등장하면서 새로운 전개가 펼쳐지고, 그게 일단락된 뒤 주요 인물 C가 등장해 다시 새로운 전개가 펼쳐지는 식의 구성은 되도록 피해야 합니다. 물론 새로운 인물이 등장해 사건이 전개되는 것은 타당합니다. 목격자가 등장하면 살인 사건의 수사에 진전이 생기는 것처럼요. 하지만 계속 반복되면 독자 입장에서는 등장인물 소개만 줄줄 이어지는 듯한, 이야기가 너무 그때그때 끼워 맞춰지는 듯한 느낌이 들 겁니다.

이럴 때는 문제나 사건 등 외적 요인에 의해 인물 간의 관계에 변화가 생기거나, 기분이 동요되는 지점을 만들어야 합니다. 등장인물이 어떤 말과 행동을 할 수밖에 없게 하고, 그에 따라 새로운 전개가 펼쳐지는 방식으로요. 이렇게 하면 에피소드를 통해 등장인물의 내면을 드러낼 수 있고, 인물의 성격을 비교적 자연스럽게 독자에게 전달할 수 있습니다. 등장인물의 성격이나 감정을 파악하면 인물에 공감하게 되고, 애정을 느끼게 됩니다. 그러면 새로운 전개도 더욱 흥미진진하게 읽어나갈 수 있습니다.

새로운 인물이 등장해 새로운 전개를 끌어나가게 하면서 특정 에피소드나 생각지 못한 사건에 의해 인물 간의 갈등이 야기되고, 그에 따라 새로운 전개가 펼쳐지게 하는 것. 이 두 가지 방식을 잘 섞기만 하면 등장인물 소개 같은 단조로운 에피소드 나열에서 벗어나 이야기에 생생한 물결을 만들어낼 수 있습니다. 물결이 생기면 쓰는 데도 리듬이 생겨 이후 전개를 떠올릴 때도 유용하고요.

이야기가 진전될수록 인물에 대한 이해와 공감, 애정이 깊어지는 것은 작가도 마찬가지입니다. 그렇게 등장인물과 함께 달리며 1000매 가까운 장편을 끝까지 써내게 되는 것이지요. 등장인물의 이력서를 소개하고, 이력서대로 에피소드를 나열하는 방법은 절대 좋은 전략이 아닙니다. 등장인물은 에피소드에 봉사하기 위해 존재하는 게 아니니까요.

우리는 살아가며 어떤 사건을 맞닥뜨릴 때마다 뭔가를 느끼고 고민하고 생각하고, 행동을 취하거나 취하지 않습니다. 취하거나 취하지 않은 행동이 타인의 공감과 반발을 사기도 하고, 상황을 새롭게 펼쳐나가기도 하죠. 소설의 등장인물도 우리와 똑같습니다. 그들 역시 이력서에 다 써넣을 수 없는 생각과 감정을 갖고, 상황에 필사적으로 대응하며 새로운 전개를 불러일으킵니다. 에피소드에 봉사하는 게 아니라, 에피소드 안에서 살고 생각하고 느끼고, 그러면서 다시 새로운 에피소드를 만들어내는 게 등장인물임을 명심해주세요.

설명이 잘 됐는지 모르겠지만, 모쪼록 단편도 장편도 되도록 즐기면서 쓰시면 좋겠습니다. 고쓰와, 고쓰고쓰토!* 단편을 쓴다면 펀치를 적소에 날려주시고, 장편을 쓸 때는 한 줄 한 줄 꾸준히 쓰는 끈기를 길러주세요.

---

* 발음이 비슷한 점을 이용한 일본어 말장난. '비결은, 꾸준히!'라는 뜻이다.

작가 데뷔 이후 편

맛있는 이야기를 쓰러 길 떠나는 이들을 배웅하며

소설을 쓸 때 어떤 점에 유념하고, 어떻게 써나가면 좋을지 생각해보며 이 얘기 저 얘기 적어봤습니다. 하지만 모두 각자의 취향과 생각을 갖고 있으니 큰 도움이 못 될지도 모르겠습니다. 그래서 마지막 접시에서는 소설 쓰기에 대한 훌륭한 안내서를 몇 권 소개해드리려고 했는데…… 한 권도 떠올리지 못한 채 한 시간가량 컴퓨터 앞에 얼어붙어 있는 상황입니다.

어떻게 된 일일까 자문해본 뒤에야 비로소 깨달았습니다. 저는 소설 쓰는 법에 관한 책을 읽어본 적이 없다는 것을요. 읽은 적이 없으니 아무것도 떠오르지 않는 게 당연했습니다.

줄기차게 제 식대로 소설을 써온 게 들통나버렸네요. 허가도 없이 미기를 진수힌디고 목검을 휘두르는 꼴이니, 위험합니다!

모두 피하세요!

그렇지만 여러분, 면허나 자격 같은 게 없어도 누구나 즐겁게 읽고 쓸 수 있다는 게 소설의 좋은 점이 아닐까요? 물론 읽은 적도 없으면서 안내서를 쓴 점에서는 정말로 면목 없지만요.

소설 작법서는 아니지만《스크립트 닥터의 각본 교실·초급편スクリプトドクターの脚本教室·初級篇》과《스크립트 닥터의 각본 교실·중급편スクリプトドクターの脚本教室·中級編》을 읽은 적이 있습니다. 영화 시나리오에 관한 책인데, 기술뿐 아니라 마음가짐이라든지 발상법에 대해서도 친절하게 소개하는 책이라 도움을 많이 받았습니다. 창작물을 잘 즐기는 비법 역시 넘치도록 담겨 있으니 창작을 하지 않는 분, 편집자를 꿈꾸는 분께도 추천해드리고 싶습니다.

소설 쓰는 법에 관해서는 좋은 책이 이미 많이 나와 있으니 서점에 가서 이리저리 훑어보고 도움이 될 것 같은 책을 참고해보세요. 단, 아무리 이론에 정통하다고 해도 역시 가장 중요한 것은 실천입니다. 쓰면서 시행착오를 거치는 것만큼 빠른 길은 없습니다. 그렇다고 무작정, 무계획은 안 됩니다. 그렇게 해서는 진전이 없을 겁니다.

앞에서 이야기했듯이 소설에는 어느 정도 요령이나 형식이 있습니다. 이것들을 재빨리 파악해 자기 작품에 활용하거나, 완

234

전히 벗어나 새로운 길을 찾는 분도 있겠지만, 아무리 읽고 써도 좀처럼 파악이 안 되는 분도 있을 겁니다. 마지막 경우라면 특히 안내서를 읽어보고, 요령이나 형식을 참고하는 게 효과적일 듯합니다. 이론만으로 소설을 쓸 수는 없지만, 감성만으로도 소설을 쓸 수는 없으니까요.

감성은 스스로 갈고닦고 단련해나가는 부분이 크지만, 안내서나 앞서 쓰인 작품을 통해 이론을 익힌다면 나름의 방식대로 배합해 작품에 녹여낼 수 있습니다. 이론과 감성의 균형을 잡으면서 시행착오를 거쳐 실천해나간다면 분명 더 자유롭게 자기 생각을 소설로 표현해낼 수 있을 것입니다.

지금까지 대중소설 작가 데뷔를 꿈꾸는 분들을 독자로 상정하고 다양하게 써보았습니다. 물론 대중소설이라는 분류도 이제는 조금 낡게 느껴지는 면도 있습니다. 하지만 투고 작품을 읽는 동안, 엄청나게 좋은 것을 갖고 있는데 이전의 소설들이 지금까지 쌓아 올린 것을 충분히 인지하지 못해 실력이 빛을 못 본다고 느낄 때가 무척 많았습니다. 감성에 너무 의지한 탓에 구성이나 인칭, 등장인물 배치 등에 있어서 소설에 적합한 요령이나 형식을 충분히 활용하지 못한 느낌이었달까요. 참 많이 아쉬웠습니다.

내가 아직 앉아 있는 단계라면 부모든 요령이든 형식이든 뭐든 일단 서 있는 것을 붙잡고 활용하는 정신이 중요합니다. 그래서 요령이나 형식이 확실히 선 대중소설을 기준으로 이런저런 설명을 해보았습니다. 여기서 말씀드린 내용은 대중소설에만 국한되지 않고, 중후하거나 급진적인 면이 많다고 이야기되는 순문학에도 어느 정도는 응용할 수 있지 않을까 싶습니다. 언어를 사용한 모든 창작물은 이야기라는 의미에서는 모두 같으니까요.

앞선 내용에서 여러 번 설명했듯 어떤 이야기든 반드시 요령이나 형식이 있습니다. 요령과 형식을 자기 작품에 어느 정도로 적용할지는 개인의 취향이나 생각에 달려 있지만, 그를 전혀 고려하지 않고 창작에 임하는 것은 상당히 무모하고 소모적인 길처럼 보여 오지랖인 줄은 알지만 애가 탑니다. 요령이나 형식 터득에 있어 이 책이 여러분에게 도움이 되지 않더라도 꼭 맞는 안내서가 반드시 있을 테니 요령이든 형식이든 도무지 어렵다 하는 분들은 꼭 서점을 방문해보세요.

소설을 쓰는 모든 이들이 반드시 프로 데뷔를 목표로 해야 하는 건 절대 아닙니다. 취미로 소설을 쓰고 싶다면 역시 무엇보다 마음 가는 대로, 자유분방한 자세로 임하는 게 가장 좋습니다. 그렇게 재밌다고 느끼는 마음은 몹시 소중하니까요.

마음대로 쓰다 어느 순간 막히거나, 쓰고 싶은 걸 충분히 표현하지 못하는 듯한 느낌이 찾아올지도 모릅니다. 그럴 때는 잠깐 멈춰서 생각해보세요. 그러면 다시 새로운 발상이 떠오를 수도 있고, 그 시간 동안 요령이나 형식 같은 기술을 체득해 더 즐겁게 소설을 쓰게 될지도 모릅니다. 그런 때에 이 책이 조금이라도 참고가 되면 좋겠습니다.

프로 데뷔를 목표하지 않는 분들께도 소설을 읽고 쓰는 행위가 언제까지나 친근하게 느껴지기를 바랍니다. 소설이 친한 친구 같은 존재가 되어주기를요.

그건 그렇고, 프로가 되었다고 가정해봅시다. 그렇다면 유념해야 할 것은 두 가지입니다. 첫째, 마감 지키기. 둘째, 체력 관리에 힘쓰기. 참고로 저는 둘 다 지키지 못하고 있으므로 떳떳하게 말하지는 못하겠습니다.

"이리 된 이상 배를 갈라 각 방면에 사죄라도 드려야겠습니다, 목 쳐줄 망나니만이라도 부탁드립니다……!"

"마감을 못 지켜 인쇄비에 할증 붙이는 사람한테 그게 가당키나 합니까? 어림 반 푼어치도 없습니다!"

"이렇게 잔인할 수가……! 아니, 이건 잔인이 아니라 살인입니다. 망나니도 없이 어떻게 배를 가릅니까!"

일인이역으로 시대극 놀이를 하고 있을 때가 아닌데, 송구합니다. 여러분, 마감은 무조건 지켜야 합니다(대본 읽듯 말하기). 그리고 계속 책상에만 앉아 있으면 운동량이 현저히 떨어집니다. 틈나는 대로 산책도 나가세요(대본 읽듯 말하기).

소설가에게는 유급휴가도 보너스도 퇴직금도 없습니다. 그 점이 불안한 분들은 '양다리는 좋지 않아' 같은, 교제에 적용되는 윤리관 따위 가차 없이 버리고 겸업을 해주세요.

저는 세 번째 책이 나올 때까지는 헌책방에서 일하면서 소설을 썼습니다. 자기 전에 두 시간, 그리고 쉬는 날을 활용해 썼습니다. 연재 의뢰를 조금씩 받게 되면서 체력적으로 무리다 싶어 쓰는 데만 집중하게 됐지만, 겸업 중에는 생활 리듬을 만들기도 쉬웠고 반강제적으로라도 기분 전환이 되어 꽤 좋았습니다.

심신에 부담이 될 정도로 일하는 것은 절대 좋지 않지만 성격상 프리랜서인 상태가 부담스러운 분도 있을 텐데요, 그런 경우에는 무리하지 마시고 겸업을 하면서 상황을 보는 게 좋지 않을까 싶습니다. 다른 일도 해가며 훌륭한 소설을 쓰는 분도 무척 많답니다.

소설 쓰는 법에 절대적인 규칙이 없듯, 소설을 쓸 때에도 불퇴의 각오로 이를 꽉 무는 비장한 자세 역시 꼭 필요하지는 않습니다. 빈 시간에 혼자 마음잡고 쓰면 된다는 자유(어떤 의미로는 대강대강)가 허락되는 것도 소설 쓰기의 좋은 점 중 하나입니다.

더불어 의뢰를 받으면 뭐든 수락하고 보는 상황에 빠지지 않도록 주의해야 합니다. 프리랜서라면 누구나 공감할 만한 이야기일 텐데, 어렵사리 받은 의뢰를 거절하면 다음은 없을 거라는 생각에 빠질 때가 있습니다. 저도 마찬가지였는데요, 삼 년간 쉼 없이 마차를 끄는 말처럼 일한 결과 몸도 마음도 엉망진창이 되고 말았습니다. 그때 크게 반성한 이후로는 일정이 가득 차 있거나 의뢰의 본뜻을 파악해 잘 쓰기는 어렵겠다 싶은 경우, 이유를 말씀드리고 정중하게 고사하는 쪽으로 방침을 전환했습니다. 한 차례 거절해도 "요즘은 일정 어떠세요?" "이번에는 이런 기획을 생각하고 있는데요, 어떠세요?" 하고 다시 제안을 주시는 분들도 있습니다. 수락한 일에 전력으로 임하면 어딘가에서 반드시 알아주는 사람이 생기므로 지나친 무리는 지양해 주세요!

그렇다고 일을 너무 깐깐하게 고르거나, 완벽한 원고를 못 쓸 것 같다며 번번이 꽁무니를 빼는 것도 문제입니다. 역시 균형 잡기가 제일 어려운 법이지요. 의뢰를 수락하든 거절하든 중요한 것은 상대의 존재를 잊지 않는 것입니다. 집에 틀어박혀 쓰다 보면 혼자 모든 걸 결정하고, 혼자 일을 하는 듯한 느낌을 받기 쉽습니다. 하지만 실제로는 그렇지 않습니다. 고객은 어떻게 하면 이 기획을 좋게 만들지 이리저리 생각한 뒤에 제안을 준 것이니까요.

그러니 거절하더라도 제대로 이유를 설명하고 정중히 인사를 드려야 합니다. 수락한다면 상대의 의도나 희망 사항을 파악하는 데 애써야 하고요. 메일도 괜찮으니 상대와 적극적으로 소통하면서 상식적이고 원활한 인간관계를 구축하는 게 좋습니다. 간혹 상식에서 벗어난, 무례하기 짝이 없는 사람을 만나면 '무슨 개떡 같은 소리야?' 하고 조용히 폭발하겠지만요.

고객과 신뢰를 쌓고 소통이 잘 되는 관계로 발전했다면 문제가 발생해도 대화를 통해 해결할 수 있습니다. 또 예를 들어 '이성을 사로잡는 법' 같은, 비극을 불러올 확률이 높은 무리한 제안도 줄어들 것입니다. 상호 간에 어느 정도 이해가 쌓이면 '미우라 씨한테는 이성을 사로잡는 법에 대해 물어도 소용없을 테니 만화 특집호 때 에세이를 의뢰하자' 하고, 알맞은 자리를 제안하기 쉬워지기 때문입니다.

자신에게 맞는(또는 자기로서는 떠올릴 수 없던) 기획을 의뢰받으면 자연히 작가의 작품 세계도 넓어지고 깊어집니다. 그러니 너무 고르거나 바로 도망치지 말아주세요. 의뢰해준 상대의 존재를 존중하도록 유념하는 것이 훨씬 건설적인 방향이라고 생각합니다.

　엄청난 사교성을 발휘해 매력을 뽐내야 한다고 말하는 것이 아닙니다. 애초에 사교성이 없고, 매력을 보이려고 해도 우물쭈물 수상쩍어 보이기만 해서 집에 틀어박힌 채로 할 수 있는 일을 찾는 데 집중하는 소설가도 많습니다(남의 일처럼 말해보았습니다). 상대의 생각이나 감정에 귀를 기울이고, 자기 생각이나 마음도 충분히 전하려 노력하기. 사람을 사귈 때 중요한 마음가짐을 최대한 벼리면 됩니다.

　소설에 진지하게 임하다 보면 '이런 원고로는 안 돼' '이 기획은 나한테는 안 맞지 않을까?' 같은 생각에 빠져 점점 못 쓰게 되는 경우도 있습니다. 쓰는 게 무서워지는 것이죠. 그 기분도 정말 잘 압니다. 한 작품에 전력을 다했다면 이후의 판단이나 평가는 편집자나 독자에게 맡기고 다음 작품에 임해주세요. 소설 쓰기에서는 좋은 의미에서의 뻔뻔함도 몹시 중요합니다. 비록 쓸 때는 혼자여도, 작가는 절대 외톨이로 혼자 일하는 게 아닙니다!

　의뢰해준 사람과 읽어준 이를 신뢰하는 것. 의뢰를 수락할 때도 거절할 때도 성실하게 판단하고, 수락했다면 전력으로 쓰는 것. '이게 다라고? 어떤 일에나 적용되는 평범한 얘기네' 싶으신가요? 네, 바로 그렇게 가볍게 생각해주시면 좋겠습니다다 알면서 왜 번번이 마감을 어기느냐고 물으신다면 찍소리도 못 하겠네요. 역시 생각을 너무 많이 하는 게 문제겠죠? (정답은 퍼질러 잠만 자기 때문입니다!)

다시 찾아주시기를 바라겠습니다

아, 연기가 나는 것 같습니다. 혹시 가슴이 막 타들어가는 것 같고 그렇지 않으신가요? 역시 스물네 번째 접시는 접대(?)가 좀 과했던 것 같습니다.

명백히 상태가 안 좋은 접시도 있었지만(본문 참조), 그래도 어떻게 잘 유지해 풀코스 요리를 제공하지 않았나 싶습니다. 긍정의 힘! 아, 되도록 긍정적으로 생각하려 애쓰는 것도 소설 쓸 때 중요할지 모르겠습니다. 소설은 혼자 입 꾹 다물고 말을 잘 근잘근 씹으며 써야 하므로(말에 어폐가 생긴 것 같지만 괜찮은 걸로), 긍정적인 마음 없이는 망했다며 다 내던져버리고 싶어질지도 모르니까요.

이렇게 보여도 사실 저는 긍정과는 거리가 먼 사람이라 걸핏

하면 "망했어……" 하고 이불을 뒤집어쓰고 드러눕습니다. 일어나서 써야 하는데 말이죠. 그리고 "이렇게 보여도"라니, 이건 책이지 영화나 만화가 아닌데 어떻게 보란 말일까요? 문장 표현이란 참으로 어렵습니다.

그래도 소설은 수많은 배우와 스태프 들이 힘을 모아 만들어내는 영화나 구상과 스케치, 채색 등 여러 단계를 거쳐 완성하는 만화와 비교했을 때 돈도 사람도 비교적 적게 든다고 할 수 있습니다. 종이와 펜만 있으면 쓸 수 있으니 "한번 써볼까?" 하고 시작할 수 있는, 더 많은 사람에게 문이 열려 있는 표현 수단인 셈입니다.

십사 년간 코발트 단편소설 신인상 심사를 해오면서 최근 가장 크게 달라졌다고 느끼는 것은 문장력을 갖춘 사람이 늘었다는 점입니다. 스마트폰의 보급 등으로 인한 여파가 아닐까 싶은데요, 편지를 주고받던 시절에는 글깨나 쓰는 사람이 아닌 이상 개인적인 감정이나 생각을 문장으로 적어 내려가는 일이 많지 않았지만 요즘은 일상에서도 글을 쓸 기회가 늘어났습니다. 사진이나 영상도 마찬가지이고요. 기계의 진보가 개개인의 표현 기회를 늘렸다, 정말 잘된 일이다, 그렇게 느끼는 중입니다.

하지만 사진이나 영상을 찍는 데 익숙해졌다고 해서 모두가 걸작을 찍거나 프로 카메라맨이나 영화감독으로 거듭나는 건 아닙니다. 소설도 마찬가지입니다. 문장을 쓸 수 있으면 소설을 쓸 수 있지만, 왠지 꼭 맞는 말처럼 느껴지지는 않습니다.

'문장을 쓴다'와 '소설을 쓴다'의 간격을 메우기 위해, 둘을 연결하기 위해 무엇이 필요할까요. 저는 정열을 품고 소설에 대해 계속 생각하는 것밖에는 없지 않을까 생각합니다.

생각하고, 쓴다.

그렇지만 생각한다고 무작정 머리만 굴리면 피곤해지니 저의 경우를 들어 소설 쓸 때 생각하고 유념할 것에 대해 설명해보았습니다. 여러분이 소설을 쓸 때 조금이라도 도움이 된다면 기쁘겠습니다.

코발트 단편소설 신인상에 투고해준 분들과 이 책을 연재할 때 고민과 질문을 보내준 분들, 정말로 감사했습니다. 소설에 대한 여러분의 진지한 태도에 감명받아 저 역시 정열의 불씨를 지피며 이런저런 생각을 해볼 수 있었습니다. 역대 담당 편집자님들을 비롯해 코발트 편집부 직원분들께도 진심으로 감사의 말씀을 전합니다. 함께 투고작에 대해 진지하게 논의한 시간부터 심사 모임을 끝낸 뒤 시시콜콜한 이야기에 열을 올린 시간까지 모두 정말 즐거웠고 공부가 됐습니다.

저는 앞으로도 소설을 비롯한 창작물을 재미있게 즐기며 저의 이야기도 조금씩 계속 써나가려 합니다. 여러분에게 소설 쓰기가 괴롭고도 재미있는, 친근한 표현 수단이 되기를 기원하면서 오늘 영업은 여기서 마무리하겠습니다.

정말 감사했습니다. 다시 찾아주시기를 바랍니다.

미우라 시온

풀코스 창작론

1판 1쇄 인쇄 2024년 1월 24일 **1판 1쇄 발행** 2024년 1월 31일

지은이 미우라 시온
옮긴이 김다미

발행인 박강휘, 고세규
편집 류효정, 정혜경 **디자인** 지은혜
마케팅 이헌영 **홍보** 박상연

발행처 김영사
주소 경기도 파주시 문발로 197(문발동) 우편번호 10881
등록 1979년 5월 17일 (제406-2003-036호)
구입 문의 전화 031)955-3100 **팩스** 031)955-3111
편집부 전화 02)3668-3276 **팩스** 02)745-4827 **전자우편** literature@gimmyoung.com
비채 블로그 blog.naver.com/viche_books
인스타그램 @drviche @viche_editors **트위터** @vichebook
ISBN 978-89-349-4627-4 03800 책값은 뒤표지에 있습니다.

비채는 김영사의 문학 브랜드입니다.

풀코스 창작론